로크미디어가
유혹하는
재미있는 세상

ROK
MEDIA
로크미디어

AMERICAN DREAM

아메리칸 드림

아메리칸드림 2

2015년 4월 13일 초판 1쇄 인쇄
2015년 4월 16일 초판 1쇄 발행

지은이 금선
발행인 이종주

기획 팀 이주현 이기헌
책임 편집 이정규

발행처 (주)로크미디어
출판등록 2003년 3월 24일
주소 서울시 용산구 원효로97길 46 5층
Tel (02)3273-5135 Fax (02)3273-5134
홈페이지 rokmedia.com E-mail rokmedia@empas.com

ⓒ 금선, 2015

값 8,000원

ISBN 979-11-255-8802-3 (2권)
ISBN 979-11-255-8800-9 04810 (세트)

AMERICAN DREAM

아메리칸 드림

| 금선 장편소설 |

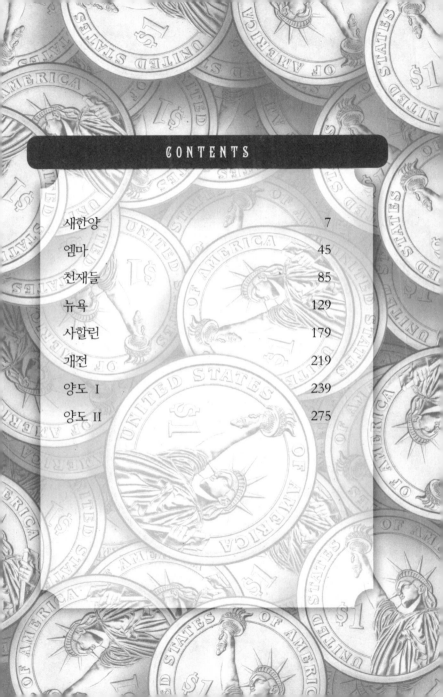

CONTENTS

새한양

어느 정도 역량을 키웠다고 생각했던 대찬은 나름 안심하고 있었는데, 최상류층 인사들을 보고는 자신의 생각이 크게 잘못되었음을 피부로 느꼈다.

"안일하게 생각했어."

고민은 계속해서 이어졌다.

"미국에 뿌리내리기로 한 이상, 적보다는 아군을 많이 만들어야 좋겠지?"

대찬은 차근차근 마인드맵을 만들어 가기 시작했다. 쭉 만들다 보니 아군과 적, 방패, 이렇게 세 가지로 압축되었다.

"정말 정략결혼을 해야 하는 건가?"

존이 했던 제안에 대해서 심각하게 고민을 했다.

대찬은 수화기를 들고 전화를 걸었다. 몇 번의 교환을 거친 후에 존의 가문에 연결되었다.

－록펠러 가문입니다.

"캘리포니아의 존이라고 합니다."

－잠시만 기다려 주십시오.

미리 언질을 받았는지 기다려 달라는 말을 하더니 잠시 뒤 존이 전화를 받았다.

－날세.

"생각을 많이 해 봤습니다."

－결정했나?

"네. 존 씨는 저의 아군입니까?"

－내가 전에 했던 말은 아직 유효하네.

"그 부분은 생각해 보겠습니다. 그렇다면 아군이 될 수 있는 사람들은 많습니까?"

－자네 하기 나름이겠지.

대찬은 최상류층에 대한 욕망을 정확히 가늠할 수가 없었다.

"어느 정도나 해 줘야 합니까?"

－……하나씩은 해 줘야겠지.

"그렇다면 펀드로 운영하는 것은 어떻습니까?"

－펀드라…….

"제가 말하는 펀드는 지주회사를 중심으로 여러 회사를 운

아메리칸
드림

영하여 이익금을 나누는 것이에요. 제가 가진 회사의 일정 지분에도 투자할 거니까 이익금은 꾸준히 날 거예요."

힘들게 회사를 만들어서 넘겨주는 일은 최악인 것 같았다. 대찬은 이 길이 주도권을 절대 뺏기지 않기 위한 최선의 선택이라고 생각했다.

─알고 있네. 그런데 이미 그러한 방법들은 그들 눈에 익은 것이네.

"네?"

─모르고 있었나 보군. 그러한 개념의 사업 운영은 이미 사용하고 있네. 내가 왜 아직도 석유 사업을 쥐고 있겠나?

"결국……."

─어설프게 머리 쓰지 말고 정당한 동업자로 만드는 게 훨씬 이익일 걸세. 지금은 숨어야 할 때가 아니고 어떻게든 인정을 받는 게 중요한 시기일세.

'인정받는다?'

─자네를 보면 어설퍼. 숨으려면 유태인처럼 완벽히 숨든지 아니면 완벽히 공개를 하고 당당하게 살든지. 그런데 숨으려 하면서 무력은 변변치 않은 수준에, 연줄도 없으니 정보력도 느려. 자네는 배후의 흑막이 되고 싶은 건지 미국에서 성공한 대표적인 사업가가 되려는 건지 정체성이 확실하지 않네. 지금은 선택의 순간이야.

"선택의 순간……."

–그래, 이제 선택을 해야 하네!

록펠러는 마음이 결정되면 연락을 달라 말하고는 통화를 끝냈다.

대찬의 고민은 깊어져만 갔다.

황실 가족들은 조용하게, 왔다는 소식도 없이 미국에 도착했다. 일본이 어떤 행동을 할지 예측할 수 없었기 때문에 최대한 조심히 이동했다.

안중근이 동행을 시킨 특수조의 경호를 받으며 대찬이 지내는 곳까지 안내를 받았는데, 도착해서 맞이하고 보니 오랫동안 고생한 티가 역력했다.

"안녕하세요. 강대찬입니다."

"반갑소. 이은이오."

이은의 뒤로도 많은 사람이 있었는데, 누군지 궁금한 대찬은 같이 온 광복군에게 물었다.

"황실 가족분들입니다."

깜짝 놀란 대찬은 눈이 동그래지며 확실하냐는 듯한 표정으로 되물었다.

"맞소, 그렇게 놀랄 것 없소."

"어떻게 된 일입니까?"

"제가 설명드리겠습니다."

광복군은 안창호의 건의로 시작된 황실 구출 계획과 작전, 그리고 미국까지 오게 된 과정에 대해서 설명했다. 이야기를 들으면서 대찬의 미간에 주름이 깊게 생기기 시작했다.

'일본 때문에 여기 있는 것도 굉장히 위험한 일인데……'

기존에 로비를 해서 어떻게든 미국에 한인들을 망명객으로 받거나 시민권을 받을 수 있게 시도했지만, 결국에 걸림돌이 되는 것은 일본이었다. 간신히 대찬의 가족과 그 외에 몇몇만 시민권을 받은 것이 꽤 큰 성과였으니 미국이 얼마나 일본을 중요하게 생각하는지 알 수 있었다.

"일단 여독부터 푸세요."

대찬은 황실 인원들이 쉴 수 있는 곳을 마련해 주었다.

'생각지도 못한 일들이 한꺼번에 몰아치네.'

다음 날부터 대찬은 이은과 함께 한인들이 모여 사는 곳을 둘러보러 다니기 시작했다.

나파 밸리와 새크라멘토의 대농장을 둘러보다가 여러 인종의 아이들이 다 같이 뛰노는 것을 보고는 이은은 경악성을 터트렸다.

"허, 저것이 가능한 일이오?"

"처음에는 불가능했어요. 가능하게 만든 것이지요."

"어떻게 말이오?"

"제가 가지고 있는 자본을 바탕으로 사람들이 혹할 만한 미끼를 걸었어요."

"미끼?"

"어디를 가든지 가난한 사람들이 더 많아요. 그런데 보통 부모는 자식에게 가난을 대물리고 싶어 하지 않아요. 그 고리를 끊을 수 있다면, 어떻게든 끊고 싶어 해요."

이은은 말없이 고개를 끄덕이며 한국어를 하고 다니는 여러 피부색의 아이들을 눈여겨보았다.

다음은 리버사이드 오렌지 농장으로 갔는데, 이곳은 안창호가 주도했던 곳이었다. 이곳 일반 노동자들은 오렌지를 정말 조심스럽게 따고 있었다.

"저 과일이 그리 값비싼 것이오?"

"가격이 중요한 게 아니에요. 저렇게 제공하는 노동력과 성실함을 보여 주고 그것이 애국하는 길이라고 믿는 게 중요한 거예요."

"애국?"

"저렇게 일해서 번 돈의 일부는 꼭 광복군의 활동 자금으로 모금해서 광복군에게 전달해요."

"광복을 위해서 일한단 말이오?"

"돌아갈 곳이 없으니까요. 혹시 유태인이라고 아세요?"

"모르오."

"우리처럼 나라가 없는 민족이 있어요. 여러 민족들 사이에서 들어가서 사는데, 항상 돌아가기를 소망하지요."

"나라가 없다. 나라가 없다…….."

이은은 몇 번이나 같은 말을 반복하며 곱씹었다.

마지막으로 대찬은 이은을 할리우드로 데리고 갔다.

"이곳은!"

"새한양이라고 불리는 곳이에요."

"맙소사! 경복궁 아니오?"

궁은 다 지어져서 마무리 작업을 한창 진행하고 있었다. 그리고 궁의 담 주변으로는 민가가 빡빡하게 들어서 있었다. 한국이라고 해도 손색이 없을 정도였다.

"맞습니다. 마침 한국에서 경복궁을 재건했던 목장이 미국으로 왔기에 여기에다 궁을 지었지요."

"저걸 보여 주는 것은 황실이 저기에 살라는 뜻이오?"

"아니요."

"그렇다면 왜 보여 준 것이오!"

이은의 목소리에는 분노가 가미되었다.

"저건 제 소유입니다. 하지만 제 소유라고 제가 저기에 살진 않을 거예요. 저긴 아무도 살지 않아야 해요."

"왜 그런 것이오?"

"상징성이에요."

"상징성?"

"한인들이 미국 사회에 편입되었다는 보여 주는 거예요."

"대체 무슨 말인지 모르겠소."

"미국이라는 나라는 이민자들이 만들어 낸 역사예요. 현재 한인들도 이민자로 정착하려 하니 대역사를 보여 줌으로써 우리도 너희의 역사 일부분이 되었다고 표시하는 거지요."

"이민자라……."

이은은 잠시 말이 없어졌다. 나라가 없으므로 먼 곳에서 광복하기 위한 자금을 모으고 있는 한인들의 모습을 보며 여러 가지 깊은 생각을 했다.

"나라가 없으니 이런 일을 한다고 내게 알리는 것이오?"

"솔직하게 듣고 싶으세요?"

"최대한 솔직하게 말해 주시오."

"과거의 일은 어쩔 수 없으니 배제를 하더라도 경술국치까지 이어진 모습을 보며 과연 군주가 필요한가 하는 생각이 들었습니다."

"왜 그렇게 생각하시오?"

"군주는 무능했고 백성은 무력했으며 관리는 부패했으니까요."

"……."

"도산 선생이 황실을 지켜야 한다고 생각했으니 저도 동참해 황실을 지키기 위해서 노력할 것입니다. 하지만 나라를 지키지 못하고 빼앗긴 황실에 대해 의무감이나 존중감은 전혀 없습니다."

"미안하오."

아메리칸
드림

이은은 고개를 푹 숙이며 미안하다는 말만 반복해서 했다. 그런 이은을 뒤로하고 대찬은 김 씨를 만나 황실 가족이 살 수 있는 궁을 빠르게 만들어 달라고 부탁하였다.

♦

명환은 한창 크려는지 계속 먹어도 끝없이 배가 고팠다. 얼마나 많이 먹어 댔는지 순이가 같이 밥을 먹을 때면 항상 자신이 먹을 만큼의 반찬을 밥 위에 올려놓고 먹었다. 그래 야 반찬을 뺏기지 않음을 알기 때문이었다.

"어, 저기!"

손가락질을 하며 순이의 뒤를 가리키자 그녀는 반사적으 로 뒤를 돌아봤다.

우물우물.

명환은 순이의 밥 위에 있던 반찬을 하나 집어 입에 넣었 다.

"아무것도 없…… 후엥!"

순이는 아껴 먹으려고 했던 반찬을 명환이 날름 집어 먹어 버렸음을 알고 곧장 울음을 터뜨렸다.

다음부터 밥을 먹을 때 순이는 반찬에 침을 퉤퉤하고 뿌려 두었다.

"에이, 더러워!"

"먹지 마, 내 거야!"

"안 먹어. 어, 대찬아!"

"대찬 오빠? 없는데? 무슨 소리……."

순이의 시야에 명환이 보였다.

찹찹.

"후엥!"

다음에 순이는 반찬을 밥 밑에 꼭꼭 숨겼지만 명환은 수저로 밥과 반찬을 같이 퍼서 입안에 넣었다.

매번 빼앗기자 순이는 한 가지 꾀를 내었다.

식사 시간.

순이의 오른손은 반찬을 두 개 집어 하나는 몸 쪽으로 떨어뜨렸다. 왼손에는 접시가 있었는데, 그 위에는 맛있는 반찬이 쌓였다.

'손은 눈보다 빠르다!'

이은은 매일 대찬을 찾아왔다.

"돈을 어떻게 버는 것이오?"

돈 버는 방법을 가르쳐 달라는 것이었다. 굳은 결심을 했는지 대찬을 귀찮게 했는데, 그때마다 대찬은 슬며시 한번 쳐다보기만 할 뿐 대답을 하지 않았다.

'어떻게 해야 할까? 왕자라는 신분은 대외적으로 이용해 먹기 좋은데, 일본이 문제란 말이지…….'

미국과 일본이 사이가 너무 좋은 것이 문제가 되었다. 일본이 왕자를 내놓으라고 생떼를 쓰면 미국에서는 추방하듯이 왕자를 쫓아낼 게 뻔해 보였다.

'왕자를 이용하려면 돌려보내지 않을 만한 안전장치가 필요한데, 시민권을 따면 과연 보내지 않을까? 상담도 못 하겠고…… 이때쯤 되면 슬슬 일본이 눈치챌 텐데, 미국에 황실 가족이 있다는 걸.'

대찬은 본인의 일만으로도 머리가 아팠는데 황실까지 등에 업자 일이 두 배로 복잡해지기 시작했다.

'그런데 왕자를 잘만 이용하면 나한테 쏠리고 있는 시선을 분산시킬 수가 있을 것 같아. 마침 돈을 벌려고 하니 적당한 사업 하나 밀어주면 될 테고.'

확실히 높은 신분인 이은을 이용하여 화려하게 미국에 데뷔시키면 대찬에게 집중되었던 눈들을 돌릴 수 있을 것이란 생각이 들었다.

"화려한 데뷔…… 그리고 다음은 무력."

대찬과 가족 그리고 황실 가족을 지키려면 확실한 무력이 필요했다.

"이 문제가 제일 어려워."

믿을 수 있는 사람이 너무나 없었다. 근처에는 기껏해야 가족들과 인수 그리고 사업에 도움을 주는 철영 정도였다.

"광복군밖에 없나?"

대찬이 아는 조직 중에 믿을 수 있으면서 가장 무력을 갖춘 집단은 현재 안중근이 이끄는 광복군이었다.

광복군을 생각하자 IRA가 생각났다. 끊임없이 독립운동을 하는 아일랜드인들의 단체였는데, 이들의 활동 범위는 미래에서도 그랬고 현재도 상상을 초월했다. 어디든지 아일랜드인이 있는 곳이면 찾아가서 활동 지원금을 받았다. 다만 차이점이라면 미래의 IRA는 무기가 엄청 많았지만, 지금의 IRA는 엄청 가난한 집단이었다.

"아일랜드인을 용병으로 쓰는 것도 괜찮으려나?"

많은 돈을 지원해 주면 분명히 사람을 지원해 줄 것이지만, 기본적으로 아일랜드인들도 백인들이었다. 돈으로 부릴 수 있는 민족이지만 딱히 믿음직스럽지는 않았다. 이런 생각이 들자 아일랜드인들은 자연스럽게 제외했다.

하지만 다른 민족을 끌어들일 필요는 있었다.

'일본은 생각할 가치도 없이 당연히 안 되고 중국도 상성이 좋지 않으니 안 돼. 다른 인종이 필요한데, 폴리네시안은 하와이에서 제대로 구축해 놨지만 본토에는 나오지 않을 것 같은데……. 미국에 다른 인종이면 원주민이……. 아, 있다! 인디언!'

인디언을 끌어들일 생각으로 대찬은 알아보고 다녔지만,

인디언들은 참담한 수준이었다. 시민권을 가진 자들도 몇 명 없었고 말할 수 없이 가난했다.

'백인을 싫어하는 이들이 대부분이니 끌어들이면 아군이 될 것 같은데…….'

끌어들여서 아군을 만든다면 딱 좋은 인디언들이었지만, 일단 보류했다. 확실하지도 않았지만 뭔가 께름칙한 느낌이 들었기 때문이다.

"어려워……."

결국 다른 민족들을 포섭하는 일은 나중으로 미루었다.

"역시 광복군이 정답이네."

믿음이 가고 가장 확실한 광복군에 인원을 부탁하기로 가닥이 잡히자 대찬은 안중근에게 편지를 보냈다.

♣

대찬은 존에게 전화를 걸어 만나자고 했다. 마침 가까운 곳에 있었는지 존은 며칠 만에 만날 수 있었다.

"생각은 정리됐나?"

"네."

"듣고 싶군."

"각 주마다 큰 사업체를 지정해서 하나씩 만드는 것은 어떨까요?"

"주마다? 마흔다섯 개 주이니 사업체를 마흔다섯 개를 만들겠다?"

"네. 그리고 그 주에 속한 사람들에게 투자를 받아 지분을 나누는 게 좋을 것 같아요."

"그럼 지주회사와 다를 게 뭔가?"

"저는 지분을 갖지 않을 참입니다."

"자네 지분이 없으면 헛일하는 것 아닌가?"

"대신에 저는 다르게 수익을 얻으려고 합니다."

"어떻게 말인가?"

"저한테 특허가 많이 있습니다. 꽤 사업성 있는 특허들이 많이 있는데, 그 특허에 대한 로열티만 받아도 충분하다는 생각이 드네요. 새로운 사업을 개발하면 거기에 대해서도 저는 특허만 등록을 하고요."

"회사는 그들 입맛대로 할 수 있겠구먼?"

"그렇지요. 제가 거기에 참여하면 좋은 꼴을 못 볼 거라는 생각이 들어서요."

"그런데 그 특허 사용료도 아까워 못 주겠다고 하면 어떻게 할 것인가?"

"만약 그렇게 된다면 안 받아야지요. 대신에……."

"됐네, 더 이상 말하지 말게. 문제는 계속 끌려다니게 될 거란 점일세. 대책은 있나?"

"나름의 계획은 세워 놨습니다."

"자신 있나?"

"네!"

"좋아, 그건 그렇고. 내 제안은 생각해 봤나?"

"그것이……."

"아직 결정 못 했구먼? 다음에는 답을 주게."

존은 만날 때마다 핏줄로 엮이길 원했다.

"……."

대답하기 난감한 대찬은 침묵했다.

"이만 가 보겠네. 곧 모임 자리가 만들어질 걸세."

존이 떠나고 얼마 지난 후에 대찬은 오랜만에 리브카를 만났다. 별다른 접점이 없는 유태인과의 만남은 대찬이 원해서 이루어졌다.

"존, 오랜만입니다."

"그동안 잘 계셨어요?"

"대찬이 세워 준 도시계획 덕분에 순조롭군요."

"이쪽으로……."

두 사람은 조용한 밀실로 들어가 중요한 이야기를 시작했다.

"유태인은 금융업 쪽으로 유능하지 않습니까?"

"아무래도 다른 업종보다는 금융업이 강세이기는 합니다."

"부탁할 것이 있습니다."

"부탁요?"

대찬은 각 주에 사업체를 만드는 일에 대해서 간략하게 설명했다.

"상당히 일이 크네요."

"네. 그런데 저는 지분 참여를 하지 않기로 했습니다."

"그럼 어떻게 수익을 올리려고요?"

"특허만 제가 소유하고 수익을 얻으려고 하는데, 여기에 부탁할 게 있는 것입니다."

"우리가 할 일이 있습니까?"

"제 대신 특허의 수익금을 집행하는 일을 유태인이 맡아 주었으면 합니다."

"흠…… 중개 역할을 맡아 달라는 것이군요."

돈에 관해서는 유태인을 따라갈 수가 없는 것이 현실이었다. 대찬이 사업체에 수익금을 받을 때 잡음이 생기는 것이 당연하니 힘이 있는 쪽에 적당한 이익을 나누어 주고 수익을 챙기는 것이 훨씬 이득이라 판단했다.

"랍비들과 이야기를 해 봐야겠습니다. 제가 판단할 수 있는 일이 아닌 것 같군요."

"수익금의 30퍼센트를 수수료 명목으로 제공할 것입니다."

"알겠습니다. 그 외에 다른 것은 없습니까?"

"적당한 기회에 같이 사업을 했으면 합니다."

"좋은 제안이면 우리도 환영할 것입니다."

수수료의 제안보다 같이 사업을 하자는 것에 리브카의 반응이 더 좋았다.

"그리고 마지막으로 물어볼 게 있습니다."

"뭡니까?"

"캘리포니아에 한해서 금융업을 하려고 하는데, 어떻게 생각하세요?"

"존이 운영할 겁니까?"

"한인들이 많아져서 은행이 필요할 것 같아요."

"대상이 한인 위주라면 문제 될 게 없겠지요."

리브카는 별문제 없다는 듯이 이야기했다. 대찬은 금융업 쪽으로 나가면 유태인들의 견제가 상당할 거라 예상했지만, 리브카의 말을 듣자 문제 될 것이 없다는 것을 알 수 있었다.

제안을 하고 받아들이길 바라며 노심초사하던 대찬은 얼마 후 긍정적인 유태인의 답을 들을 수 있었다. 대신 유태인들은 가급적이면 많은 사업에 참여할 수 있도록 해 달라 부탁했다.

안전장치를 만들고 정리가 되자 대찬은 주별로 어떠한 사업을 할지 정하기 시작했다.

날씨와 풍경이 좋은 곳에는 관광 위주의 사업을 선정했고 대도시가 근처에 있다면 제조업과 식자재 사업으로 가닥을 잡았다. 그리고 가장 애매한 곳에는 교통의 중심으로 이동이 편리하게 계획함과 동시에 건설 회사를 만들기로 했다.

자동차가 편하게 다닐 수 있는 도로가 만들어지면 필연적으로 자동차가 많이 필요한 시대가 오기 때문에 자동차 회사를 만들어 경쟁하게 계획했다.

비행기도 사업 계획에 넣으려 했으나 개발 비용이 만만치 않고 들어가는 일에 참가할 사람이 없을 것 같아 비행기는 제외했다.

이렇게 사업 계획서를 만들어서 준비해 놓은 다음 연락이 오기를 기다렸다.

연락이 오기 전까지 무작정 초조하게 기다릴 수 없었던 대찬은 하와이에 갔는데, 기존의 동업자들에게 적이 아니라는 확실한 답을 듣고 싶어서였다.

기존에 하던 커피와 호텔 사업은 여전히 매출이 좋았고 하와이 섬에 만들었던 도시도 상당한 호평을 받았다.

새로 지점을 내었던 캘리포니아에서도 자리를 잘 잡고 서비스가 좋았는지 여전히 하와이의 지주들에게는 전보다 많은 돈이 배분되고 있었다. 그래서인지 하와이는 확실히 대찬에게 호의적인 분위기였는데, 대찬이 제시한 사업을 본떠서 새로 사업을 시작한 사람들도 상당한 수익을 올려 그의 평판은 다른 곳과 비교가 되지 않을 정도였다.

아울러 대찬의 아비인 길재가 하와이를 꽉 붙잡고 있다는 느낌이 들 정도로 여기저기서 길재의 이름도 빠지지 않고 나왔다.

"다행이다."

대찬은 하와이의 분위기와 여러 사람들과의 면담을 통해 안심을 할 수 있었는데, 안방이라고 생각한 하와이에서 밀린다면 기반이라고 부를 수 있는 곳이 없기 때문이었다.

하와이에서 잠시 쉬던 대찬은 다시 샌프란시스코로 갔는데 도착하자 기다리던 연락을 받을 수 있었다.

만반의 준비를 갖추고 워싱턴으로 이동해 각 주의 대표들을 만났다. 대표라고는 했지만 미리 존에게 언질을 받았던 인물들이 아닌 전혀 다른 인물들인지라 대찬은 실망이 컸다.

"······해서 이렇게 사업 계획을 짜 왔습니다."

별다른 말도 없이 고개를 끄덕이기만 했다.

"질문 없나요?"

회의장은 침묵만 가득했다.

"그럼 이만 마칠까요?"

열심히 만들었던 계획들이었지만 별다른 관심도 없는 듯 질문도 없더니 딱 마치자는 말이 떨어지자 쏜살같이 반응하며 썰물처럼 회의장을 빠져나갔다.

얼마 뒤 각지에서 사업체가 만들어지기 시작했다. 반응은 없었지만 세워 놓은 계획대로 차곡차곡 진행이 되자 대찬은 황당했다.

'나를 만나기는 싫고 돈은 벌고 싶다 이거지?'

대찬은 백인들의 행태에 치를 떨었다. 그러면서 한편으로는 의문스러웠다.

'도대체 뭘 믿고 사업을 진행하는 거지?'

그저 계획만 존재하지 성공 여부에 대해서는 확신할 수 없는 것을 그들은 전혀 거리낌 없이 진행시켰다.

'실패하면 어쩌지? 분명히 나한테 따질 텐데……'

불안함은 나날이 커져만 갔다.

미국 28대 대통령 선거가 시작되었다.

기존의 강력한 후보였던 윌리엄 태프트와 시어도어 루스벨트는 본래 같은 당이었으나 사이가 틀어져 공화당과 혁신당으로 나뉘었고 이에 표를 나누게 되자 민주당의 우드로 윌슨이 민주의 표를 독식해 대통령으로 선출되었다.

길현과 인수의 로비로 가장 밀접한 관계를 맺었던 민주당이였으니 상황이 좋은 방향으로 바뀔 거라 예상했지만 좋은 답변 대신에 탑 시크릿이라고 날인되어 있는 서류 한 장만 받았다.

27대 대통령 윌리엄 태프트와 일본의 총리 가쓰라 다로의 밀약 내용이었는데, 조약문이라기보다 각서와 비슷한 종류였다.

미국이 필리핀을 지배하고 일본은 한국을 보호령으로 삼

아 통치하는 것을 인정한다는 내용이었다. 작성일은 1905년으로, 태프트가 대통령이 되기 전에 이루어졌다는 사실을 알 수 있었다.

"가쓰라 태프트 밀약."

우드로 윌슨이 대통령이 되자마자 이것을 보낸 진의를 파악해야 했다. 하지만 상황이 복합적으로 대찬에게 좋지 않아 발만 동동 구르는 수밖에 없었다.

대찬은 극도로 위축되는 상황이었다.

"소나기이기를……."

어서 빨리 상황이 바뀌기를 소원했다.

♣

명환은 먹을거리가 항상 풍족했다. 대찬과 함께 지내면서 식량 확보하는 것을 보고 경험했기 때문이다.

"배불러!"

항상 동생 순이와 찰싹 붙어 다녔지만 최근 대찬의 동생들과 놀기를 원해서 같이 있지 않아 음식이 남았다.

명환은 음식이 남자 항상 대찬이 그랬던 것처럼 바다에 가 음식을 뿌렸다.

"먹고 무럭무럭 자라라!"

한바탕 고수레를 하고 있는 명환을 보며 지나가는 어른이 말했다.

"쯧쯧, 한국에서는 음식을 먹고 싶어도 못 먹는 사람이 태반인데 사람도 없어서 못 먹는 것을 바다의 미물들에게 던져주고 있구먼."

어른의 소리를 들은 명환은 아주 표정이 진지해졌다. 그리고 짓고 있는 표정보다 몇 배는 더 진지하게 말했다.

"저는 그렇게 먼 데까지 못 던지는데요?"

"⋯⋯."

🎩

한편 일본에서는 가쓰라를 비판하는 목소리가 많았는데, 민중 봉기가 일어나서 결국 가쓰라 다로의 내각이 무너졌다. 그리고 후임으로 야마모토 곤도효에가 총리가 되었다.

"가쓰라가 실각했군."

"그렇습니다. 상황이 변했으니 우리 뜻대로 바꿔도 괜찮을 듯합니다."

"약속의 당사자가 양쪽 모두 권력에서 멀어졌으니, 별다른 트집 잡힐 게 없을 것 같아. 눈치 볼 필요 없겠어. 비서, 연락하게."

"알겠습니다."

따르릉따르릉.

"여보세요."

-워싱턴에서 전화가 왔습니다.

"알겠습니다."

잠깐의 묵음이 지나고 목소리가 들렸다.

-길현?

"네, 길현입니다. 누구십니까?"

-하하, 오랜만입니다. 토마스입니다.

"아! 토마스 씨, 오랜만입니다. 무슨 일로 전화를?"

-좋은 소식이 있어서 전화했습니다.

"좋은 소식요?"

-백악관에서 공식적으로는 무리지만 비공식적으론 망명객
으로 인정하겠다고 연락이 왔습니다. 축하합니다.

"저……정말입니까?"

-확실합니다. 이제 적당한 체류 기간을 보내면 정식으로 시
민권까지 준다고 합니다.

"하하하, 확실하지요?"

-하하, 이제 제가 잘 부탁드려야겠네요. 다음 선거 때 잘 부
탁드립니다.

"어인 말씀을. 당연히 돕고 살아야지요."

-이만 끊겠습니다. 다음에 식사 자리 한번 마련하지요.

토마스와 전화를 끊자마자 길현은 소리를 질렀다.

"대찬아! 대찬아!"

큰 소리에 방에서 골똘히 생각에 잠겨 있던 대찬은 깜짝
놀라 방 밖으로 뛰쳐나왔다.

"작은아버지, 무슨 일이에요?"

길현은 대찬을 얼싸안고 춤을 췄다.

"됐다, 됐어!"

"뭐, 뭐가요?"

"한인을 망명객으로 인정해 준다고 했다!"

"우와!"

순간 모든 고민을 잊어버린 대찬은 소리를 지르며 함께 기
뻐했다. 소식을 들은 순간부터 하루 동안은 모든 것을 잊고
당장 닥친 기쁨을 즐겼다.

대찬은 이은을 포함한 황실 가족이 최우선적으로 시민권
을 받을 수 있게 노력했다. 일본이 시비를 걸면 자유로울 수
없었기 때문이다. 일단 시민권을 받아 놓으면 미국인이 되므
로 일본의 횡포에 대해 어느 정도 방어가 될 것이라고 생각
했다.

"자유민주주의 국가……."

'겉으로만!'

한번 속으로 실컷 씹고는 앞으로 이은의 화려한 데뷔를 계
획했는데, 생각하다 보니 아주 간단한 방법이 떠올랐다.

아메리칸
드림

"궁도 있고 왕자도 있으니……."

한인 이주가 10년이 훌쩍 넘어서면서 한인과 그 외의 민족 간에 혼혈이 생기기 시작했다. 처음 이들은 한인도 아니고 그렇다고 다른 민족에도 속하지 못함으로써 똘똘 뭉친 집단에 의해서 배척받았으나 대찬이 계획한 문화 침투 교육 덕에 차차 상황이 좋아졌다. 한인의 피가 조금이라도 섞인다면 한인이라는 교육 방침을 세워 무조건적인 포섭과 한인 문화 전파에 힘쓴 것이다.

이렇게 변화한 혼혈들은 굉장한 사교력을 지니게 되었다. 배척하는 한인들이 없지는 않았지만 적당히 한인으로도 대접을 받았고 외모가 백인과 같았기에 그들에게도 이질감 없이 파고들 수 있었다.

그런 모습들을 보고 나이를 계산하기 시작했다.

"대충 7년 정도면……."

대찬은 백인의 외모를 가졌으면서 머릿속은 한인인 아이들이 많아졌으면 좋겠다는 생각을 했다. 그러다 문득 록펠러가 생각이 났다.

"결혼……."

대찬의 입장에서 록펠러 가문과 혼인하는 건 최고의 시나

리오였다.

하지만 걸리는 것이 너무 많았다.

"적이 너무 많아."

석유왕이라는 칭호를 가지기까지의 과정이 순탄치 않았기에 정적이 무수히 많았다.

"엮이면 적이 몇 배는 는다는 거지. 우리 가문만 적이 많아지는 것도 문제지만, 결혼을 함으로써 한인 전체에 적이 는다면……."

자꾸 결혼을 권하는 존 때문에 솔깃한 마음이 조금씩 늘고 있었지만, 이것저것 따지다 보니 마음을 정할 수 없었다.

"아무리 기부를 하고 이미지를 희석시킨다지만 워낙 악명 높았던 양반이라."

고개가 절로 흔들렸다.

이를 갈며 물어뜯을 수 있는 기회만을 노리는 사람들이 너무 많았다.

'만약 벗어난다고 하면 어떻게 거절을 하지?'

존을 만날 때마다 제안을 받았던 터라 거절도 힘들어진 상황이었다.

"계륵이야, 계륵……."

결혼 문제로 한참 고민을 할 때 각 주에 대찬이 세웠던 사업 계획들 중 일부분은 대성공을 거뒀는데, 의외로 식자재

산업이 대성공을 이루었다. 대량생산으로 싼 가격을 유지하며 유통을 하자, 부담되지 않으면서도 싸고 품질 좋은 식자재를 가난한 노동자들이 소비하게 되었기 때문이다.

거기에 발맞춰 대량으로 생산을 하려면 기계류가 필요했는데, 미리 예측을 하고 생산에 유리한 기계들을 발전시켜 공급하는 사업도 만들었기에 서로 간의 시너지 효과를 보아 사업은 순풍에 돛 단 듯이 흘러갔다.

기계가 많이 필요하게 되자 운송이 필요하게 되었고 운송에 유리하려면 길이 필요했다. 그래서 건설 회사들은 도로를 닦았고 결국에는 대찬이 예측한 대로 서로 도움을 줄 수 있는 관계가 되어 갔다.

상황이 이렇게 되자 회의적이었던 사람들도 사업에 참가하지 못해 안달이 났는데, 도돌이표처럼 다시 대찬에게 사업을 만들어 달라 했다.

"안 해! 내가 호구야?"

혼자서 끙끙 앓기만 하던 대찬에게 구세주가 나타났는데 다름 아닌 친한인파다. 그들이 앞에서 적당히 막아 주었던 것이다.

이들은 주로 캘리포니아 주의 사람들로 구성되어 있었는데, 한인들이 시민권을 얻자 그 숫자가 투표의 당락을 결정할 수 있게 되었기 때문이다. 아직까지 인구수가 동부에 비해 턱없이 적은 서부 정치인들의 입장에서는 시민권을 가진 한인들은 아군으로써 굉장히 매력적인 카드였다.

'역시 처음부터 시민권을 얻을 수 있게 한 것이 탁월한 선택이었어! 민주당의 양손에 사탕을 쥐여 줘야겠다.'

정치권, 특히 민주당에서 손을 써 준 것이 고마운 대찬은 한 번에 한해서 지원금을 세 배를 줬다.

대찬 대신 지원금을 전달해 준 길현이 다녀와서 있었던 일에 대해 기분 좋게 웃으면서 말했다.

"사람 입이 그렇게 커질 수 있다는 것을 처음 알았다."

만족스럽게 웃는 길현을 보며 대찬도 술술 풀리는 상황에 입가에 미소만 지었다.

어느 순간부터 한인들에게 비공식으로 시민권이 주어지기 시작했다. 처음 시작하자마자 조치를 취해 놓은 황실부터 얻을 수 있었다. 개중에는 남의 나라 국적을 따를 수 없다고 뻗대는 사람들도 있어서 대찬의 골을 아프게 만들었다. 하지만 이를 얼른 이은에게 보고하는 이들이 있었고 이야기를 듣고 상황 파악을 한 이은이 나서서 황제의 후계로 지목된 위치를 이용하여 정리하자 큰 문제 없이 일을 마무리 지을 수 있었다.

그리고 경복궁이 완성되었다. 4년 정도의 시간이 걸렸는데 엄청난 크기를 자랑했다. 궁을 둥글게 둘러싸며 만들어진 한옥들은 미국인지 한국인지 헷갈리기 좋았다.

궁의 정면에 아주 큰 도로가 있었고 그 길을 따라 상인들이 운집하며 거대한 시장을 만들었다.

"드디어!"

완성하자 가장 기뻐한 것은 김 씨였다. 다시는 볼 수 없을 거라 생각했던 궁을 자신의 손으로 먼 곳이지만 재건했다는 것에 대해 아주 뿌듯한 마음을 감출 수가 없었다.

잔치가 벌어졌고 한인들의 축제가 시작되었다. 사방에서 들리는 흥겨운 가락은 사람들을 들뜨게 했다.

대찬은 궁이 완성되는 것을 사전에 들었기에 캘리포니아 유력 인사들은 초대했다. 더불어 기자들도 초대하며 궁의 완성을 알렸다.

"하하하, 축하합니다."

"감사합니다."

"앞으로는 이곳에서 살 겁니까?"

"제 소유이기는 하지만 여기서 살지는 않을 겁니다."

"좋은 집을 지어 놓고 살지 않다니요?"

토마스는 깜짝 놀라 물었다.

"살려고 만들어 놓은 궁이 아니라서요."

"그럼 어떻게 쓰시려고?"

"관광에도 쓰고 호텔처럼 사용할까 합니다."

"호오, 흥미롭네요. 돈만 내면 여기서 하룻밤 묵을 수 있다는 말이지요?"

"아무나 받지는 않을 겁니다. 아직은 계획만 하고 있고요."

"멀리 갈 필요 없이 미국에서 아시아를 느낄 수 있겠네요."

"그래서 큰 이벤트를 하나 기획하고 있습니다."

"이벤트요? 궁금하군요."

"다음 주에 다시 초대를 하겠습니다. 그때 오시면 알 수 있을 거예요."

"하하, 꼭 들러야겠습니다. 그런데 여길 보니 이제는 할리우드라고 하기가 무색하군요."

"그렇죠? 아무래도 주변이 싹 한양처럼 바뀌어 버려서 예전 할리우드를 찾아오면 알 수가 없어요."

"아무래도 새 이름이 필요할 것 같군요."

"새 이름요?"

"동부에 있는 도시들, 뉴욕이나 뉴암스테르담처럼 여기는 새로운 한양이니 뉴한양 어떻습니까?"

"뉴한양이라……."

"그럴 바에는 새한양이라고 부르죠?"

프랭크가 말했다. 그는 김 씨에게 한옥을 열심히 사사하고 있었는데, 한인들 사이의 흔치 않은 백인이었다. 게다가 한옥을 만들 수 있는 기술과 널리 알려진 건축가로서의 명성은 캘리포니아 유력가들에게도 충분한 매력이 있는지라 자리에 참석을 요청받았다. 그러다 대찬과 토마스의 대화를 듣고 자신의 생각을 말했다.

"새한양요? 프랭크, 그게 무슨 뜻입니까?"

"뉴와 새는 똑같은 말입니다. 다만 여기는 순수하게 한인들의 기술과 능력으로 만들어졌으니 영어를 붙이는 것보다 한국어를 붙이는 것이 맞는다는 생각이 들어서요."

"그럼 새한양이 맞겠군요. 하하, 앞으로는 새한양이라고 부릅시다."

"그래도 괜찮을까요?"

"뭐 어떻습니까? 이 일대가 다 존의 땅인데요."

화기애애한 분위기로 사람들은 흥미롭게 새한양을 즐겼다.

로스앤젤레스 타임즈

할리우드에 한인들의 성이 만들어졌다. 남북의 길이는 약 2천 미터, 동서의 길이는 약 1천 5백 미터나 되는 어마어마한 크기의 아시아인의 성(사진 1번 참조)이 여기에 세워진 것이다.

특이한 점은 모든 건물들이 목재로 만들어진 목조건물……성을 만들었던 책임자인 마스터 김은 '궁궐은 기본적으로 천년을 내다보고 만듭니다. 앞으로 천 년 동안 잘 부탁합니다.'라고 말했으며 또 유명한 건축가인 프랭크 로이드 라이트도 '미국 건국 이래 가장 아름다운 성이다.'라고 극찬했다.

성은 기자가 봤을 때 꼭 한 번씩은 들러 보고 느껴야만 하는 장소임이 확실하다.

새로운 미국이 보고 싶지 않은가? 그렇다면 당장 새한양으로 출발하라. 당신을 아시아로 순간 이동 시켜 줄 것이다.

궁이 완성되자 대찬은 이은의 화려한 데뷔를 준비하기 시작했다.

일단 미국 내에 들어와 있는 모든 내관들과 상궁들을 수소문해서 모으기 시작했고 한국에서 안창호가 보내 준 서적 중 국조오례의國朝五禮儀를 토대로 황태자 책봉식을 준비했다.

준비를 하며 이은에게 책봉식 준비를 하라고 이르자 그는 '망국의 왕자가 무슨 책봉식 따위를 하겠소?'라며 완강히 거부했지만, 대찬은 '돈 안 벌 겁니까?'라고 답하며 무조건 하게 만들었다.

이은의 책봉식은 연습이 필요해 필요한 인원들을 모집하였다. 모든 인원이 준비되자 마련해 놓은 궁중 예복으로 갈아입고 책봉식 연습을 하였다.

하루 종일 고된 연습을 끝내고 집으로 돌아가려는데 대찬이 이은을 붙잡았다.

"미국에 있는 궁에서 머물 수 있는 최초이자 마지막 날일 겁니다. 오늘은 여기서 거하세요."

"……."

아메리칸
드림

이은은 긍정도 부정도 하지 않았다. 조용히 동궁전으로 향했을 뿐이다.

궁은 전면 개방되어 모든 사람들을 받아들였다. 기존 책봉식과는 다르게 군중이 모든 상황을 볼 수 있게 만들었던 것이다. 이에 소문이 났는지 기자들과 화가들마저도 자리를 빽빽하게 채웠다.

책봉례가 시작되는 알림음이 울렸다.

쿵!

첫 번째 북이 울리면 의장을 갖추고 군사를 배치한다.

쿵!

두 번째 북이 울리면, 문무백관과 종친들은 근정문 밖의 위位로 나아가고, 태자가 면복을 갖추고 등장한다.

쿵!

세 번째 북이 울리면, 지위에 따라 종친과 문무백관이 동서로 줄지어 서며, 종이 울리다가 그치면 악기 연주가 울려퍼지는 가운데 황제가 가마를 타고 나선다.

하지만 순종은 만주와 블라디보스토크를 오가며 광복군 활동을 했기에 참석할 수 없었다.

쿵!

문무백관과 태자가 황제에게 차례로 사배四拜를 해야 한다. 순종은 미국에서 보면 서쪽에 있었기에 모든 사람들은 서쪽으로 절을 했다. 이에 구경 중이던 모든 한인들도 다 같이 서쪽으로 절을 했다.

서쪽을 보고 꿇어앉은 이은에게 전책관이 죽책문竹册文, 교명문敎命文, 태자인太子印을 전해 주었다. 죽책문은 대나무로 만든 임명장, 교명문은 태자에게 당부하는 훈계문, 세자인은 세자를 상징하는 도장이다.

전달이 끝나고 책봉례가 끝나자 한인들은 소리를 질렀다.

"천세, 천세, 천천세!"

대찬은 휩쓸리지 않고 고개를 저었다.

'어휴…… 필요하니까, 정말, 필요하니까!'

존은 최근 대찬에게 연락하지 않았다.

'망할 노인네!'

전화를 해도 마찬가지였다. 전화를 받지 않았다.

"왜 그렇게 결혼에 목매는 건데!"

마지막으로 통화했을 때 존은 대찬에게 말했다.

─답을 주기 전까지 연락하지 말게.

결혼을 재촉하는 존 때문에 대찬의 고민은 깊어만 갔다.

"허락도 안 해 줄 건데?"

장손에 장남인 대찬이라 외국인과의 혼인은 상당한 반대를 당할 것이라고 대찬은 예상했다.

"그리고 부자인 백인 여자애가 미쳤다고 나하고 결혼을 하겠어? 무리수야, 무리수."

거절할 명분이 필요하다고 생각한 대찬은 하와이로 갔다.

명환은 최근 좋아하는 여자애가 생겼다. 볼 때마다 심장이 터질 것처럼 두근두근 뛰었는데, 명환은 처음에 죽을병에 걸린 줄 알고 대성통곡을 했었다.

그러다 용기를 갖고 말을 건네었고 이후로 간간이 순이를 통해서 만남이 이루어지곤 했다.

해변, 셋은 나란히 앉아 이야기를 했다.

"대찬 오빠가 얼마나 멋있다고!"

"정말 그렇게 멋있어? 오빠보다?"

순이는 명환을 힐끔 쳐다보고 말했다.

"비교 대상이 잘못됐어!"

"우 씨, 내가 어디가 어때서!"

"쯧쯧."

순이는 상대하기도 싫다는 듯이 고개를 돌려 버렸다.

그렇게 나란히 앉아 있던 찰나 명환은 배가 아팠다.

'윽, 뭘 잘못 먹었나?'

살살 배가 아파 오는 게 방귀가 나올 것 같았다.

'안 돼! 배야, 제발!'

자리를 뜨려 했지만 일어나면 뀔 것 같은 긴박함에 다른 해결책을 찾기 시작했다.

'옳지, 이게 있구나!'

간식 삼아 먹으려고 두었던 야자열매가 보였다.

명환은 야자열매를 들어 돌 위에 세게 찧었다.

탁탁!

'좋아, 됐어!'

야자수를 들고 내리치자 소리가 꽤 났는데, 명환은 그대로 계속해서 내리쳤다.

탁 뿡 탁 뿡 탁 뿡뿡!

"푸하하하하!"

눈치를 챈 순이는 박장대소를 했다.

엠마

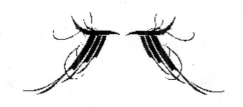

대찬은 하와이에 도착해서 길재에게 물었다.

"아버지, 록펠러 가문에서 결혼 제의가 계속 들어오는데
어떻게 해야 할까요?"

"록펠러? 백인이더냐?"

"백인이고요. 미국에서 유명한 가문이에요."

"그렇더냐?"

길재는 한참을 생각한 뒤 말했다.

"아무래도 이건 집안 어르신들과 이야기를 해 봐야겠다."

예상과는 다르게 길재가 반대하지 않자 대찬은 당황스러
웠다.

"반대하지 않으세요?"

"예전이라면 반대했을 터인데, 지금은 모르겠구나."

"왜요?"

고개를 흔들며 길재는 자리를 벗어났다. 그를 귀순이 붙잡고 말했다.

"여보, 나는 싫어요."

"알겠소."

옆에서 형과 아버지의 대화를 듣고 있던 대준과 연화가 다가와 말했다.

"오빠, 결혼해?"

"아니."

"왜! 결혼해!"

"결혼하라니 무슨 말이야?"

"그래야 조카가 생기지."

연화는 신이 나서 대찬을 졸라 댔다.

"오빠 귀찮게 하지 마라!"

귀순이 제지하자 그제야 조용해지는 쌍둥이였다.

"절대로 안 된다."

길재는 대찬의 결혼 문제로 가족들과 회의를 했다. 나이가 비교적 젊고 미국 생활에 적응을 한 부류들은 크게 반대하지 않았지만 집안의 어른들은 완강히 반대했다.

"길현이 네 생각은 어떠냐?"

"저는 찬성합니다. 피부색이 중요한 게 아닌 것 같습니다."

"그것보다 중요한 게 또 있더냐?"

"민족도 중요하지만 최상위 사회까지 진출을 해야 한인들이 인정을 받을 수 있는데 결혼이 그 발판이 될 수 있고……."

"또?"

"우리가 만든 학교에서 가르치는 것이 차별 금지입니다. 그런데 피부색으로 결혼을 반대하면 우리가 교육한 것들을 전부 다 부정하는 게 되어 버립니다."

길현의 이야기를 듣고 사람들은 가문의 위치에 대해서 상기할 수 있었다.

미국에 있는 한인들 중에 첫 번째로 손꼽히는 집안으로 변모해 지금은 여러 한인들을 이끌어야 하는 위치로, 전과는 상황이 많이 변했다.

"네 말은 이해하겠다만 여전히 받아들이기는 힘들구나. 생각을 좀 더 해 보자꾸나."

강씨 집안의 대찬 결혼 이야기는 몇 날 며칠을 계속해서 이어졌다.

여전히 찬성과 반대 분위기는 팽팽한 줄다리기처럼 계속해서 이어졌고 결국 약혼까지 하고 몇 년 뒤에 다시 이야기를 해서 결혼을 결정하자고 결론이 났다.

"……해서 혼약만 했으면 한다."

"아버지, 혼약이면 결국에 결혼을 하는 것 아닌가요?"

"문제없다면 아마도 그렇게 되겠지."

대찬이 원하는 결과는 절대적인 반대였지만 약혼까지는 허용을 했다는 것에 대해서 놀랐는데, 왜 그렇게 되었는지는 가족회의에 참석하지 못했기에 모르고 있었다.

"알겠어요. 그럼 록펠러 가문에는 그렇게 전달할게요."

—록펠러 가문입니다.

"캘리포니아의 존입니다."

—잠시만 기다려 주십시오.

한참을 기다리자 집사가 대찬에게 질문을 했다.

—답을 하실 건지 묻습니다.

"지금 받지 않으면 앞으로 전화 안 한다고 전해 주세요."

대찬의 협박이 통했는지 금방 존이 전화를 받았다.

—오랜만이네.

"오랜만이에요. 잘 지내셨다고 들었어요."

—좋은 소식은 있나?

"그게……."

대찬은 존에게 가족회의의 결과를 설명해 주었다.

—그러니까 약혼식 먼저 하고 결혼은 천천히 진행을 하자는 말이군?

"아무래도 집안의 어른들이 반대를 하는가 봐요."

—집안의 어른?

아메리칸
드림

"가족들의 숫자가 많아요."

―가족들이 수가 얼마나 되기에 많다는 표현까지 쓰나?

"백 명은 한참 전에 넘었고 지금도 계속 늘어나고 있어
요."

―백 명?

"곧 2백 명도 넘을 것 같아요."

―무슨 가족이 그렇게 많은가?

"한국에 있는 가족들을 다 미국으로 데리고 왔는데요, 마
을 하나가 다 강씨 집안사람들이라 다 같이 왔어요."

―마을이라…… 유서 깊은 가문인가 보군?

"5백 년밖에 안 돼요."

―5백 년……

"아무튼 일단 약혼만 하는 것에 동의하시죠?"

―조……좋네.

약혼 날짜를 잡기로 하고 두 사람은 전화를 끝마칠 수 있
었다.

♣

멕시코의 상황은 한 치 앞도 볼 수 없는 극도의 혼란 속이
었다. 프란시스코 I. 마데로가 대통령이 되어 자유민주주의
의 기틀을 세워 미국의 지지를 얻었으나 반대로 개혁이 시원

시원하게 이루어지지 않는다고 느끼는 사람들은 리더십에 의문을 갖게 되었다. 그래서 집권 중에 급속도로 지지자들을 잃게 되었다. 심지어 그의 정부에 속해 있었던 오로스코도 이탈하여 오로스키스타 군대(orozquistas)를 조직하였다.

마데로를 지지하던 농촌 노동 계층은 이제 오로스코를 지지하며 무기를 들었다. 마데로에 대한 대중의 지지는 급격히 떨어졌다. 그러다 마데로는 자신이 대통령 직위에서 총사령관으로 임명했던 빅토리아노 우에르타에게 암살당했다.

결국 새롭게 멕시코의 대통령이 된 사람은 빅토리아노였는데, 미국은 빅토리아노를 멕시코의 대통령으로 승인해 주지 않았다.

멕시코에 이민을 갔던 한인들은 상황이 힘들어지자 대부분 캘리포니아로 재이주했다. 그들은 그동안 스페인어를 배웠기 때문에 멕시코인들과 의사소통이 수월했다.

"토마스 씨!"

토마스가 대찬의 사무실에 사전 언질도 없이 찾아왔다. 이례적인 일이었는데, 정치적으로 묶인 일을 제외한다면 전혀 연결 고리가 없었기 때문이다.

"하하, 뭘 그렇게 놀랍니까?"

"너무 반가워서 그러지요."

"그렇습니까? 하하, 그럼 자주 찾아와야겠습니다."

"하하…… 웬일로 여기까지 오셨어요?"

"다름 아니라 위에서 연락이 왔습니다."

"위에서요?"

"캘리포니아가 한인들이 강세인지라 존에게 물어볼 것이 있다더군요."

"뭔데요?"

"멕시코 상황은 알고 계시지요?"

"대충은 알고 있어요."

"그럼 이야기가 빠르겠군요. 멕시코를 경계해야 돼서 캘리포니아에 상비군 사단을 창설하려고 하는데, 한인들이 나서 줄 수 있는지 묻더군요."

"한인들을요?"

"무조건 한인들로 채우는 사단은 아니고 한인들의 비율이 높은 사단이라고 합니다. 주로 흑인들과 한인들로 만들 생각이라더군요."

"백인은 전혀 없는 겁니까?"

"캘리포니아 출신들로 고려한다고 들었습니다."

"생각을 해 봐야겠네요."

아무 대가도 없는 일에 대뜸 참가하기가 힘들었던 대찬은 원하는 것을 얻기 위해 거절의 기색을 내비쳤다.

"물론 아무런 대가 없이 해 달라는 것은 아닙니다."

"그럼?"

"혹시 군수 쪽에 관심 있으십니까?"

"군수요?"

"무기 계통은 무리고, 보급 계통으로 군수 사업을 허해 준다고 하더군요."

대찬은 안타까웠다. 무기 쪽의 군수 사업에 참여할 수 있으면 여러모로 도움이 되기 때문이었다.

"고민되네요."

"더 원하는 게 있습니까?"

"하고 싶은 군수 사업은 무기 쪽인데, 그건 안 된다고 하니……."

"그렇지 않아도 지침이 내려왔는데, 한인들의 주도적인 무기 사업은 일본 때문에 불가하다고 했고 다른 말은 록펠러 가문과의 약혼식을 축하한다고 하더군요."

'하필 이 타이밍에 록펠러를 들먹인다는 말이지? 어휴, 당장 결혼해야 하나?'

"감사하다고 전해 주세요."

"그럼 이만……."

토마스를 배웅하고 대찬은 군수 사업을 생각하며 입맛을 다셨다.

'결국에 일본과 사이가 틀어지기 전까지는 무기 사업이 불가능하다? 정 사업을 하려면 록펠러의 이름으로 하라 이 말이지? 반은 허락했다는 거네.'

대찬은 연애결혼이 물 건너갔다는 생각이 들자 억울하다는 생각이 들었다.

"정말 김태휘 같은 여자랑 연애결혼하고 싶었는데!"

지금 시대엔 진짜 가능하다고 믿었기 때문에 대찬은 더 우울한 기분으로 하루를 보냈다.

보여 주는 행사를 핑계로 책봉례를 마친 이은은 한동안 크게 이슈가 되었었다. 한인들에게는 자부심이 되었고 다른 민족들은 자세한 내막을 몰라 어리둥절했다.

"사업이 하고 싶소."

"사업요?"

"그렇소. 나라를 되찾을 자금을 만들고 싶소."

"흠…… 무슨 사업이 하고 싶으세요?"

"잘 모르겠으니, 알려 주었으면 좋겠소."

'이걸 뻔뻔하다고 해야 하는 건가? 짓고 있는 표정을 보면 진짜 아무것도 모르는 멍청이고, 어휴.'

"생각해 놓은 게 없으세요?"

"딱히 생각나는 건 없소."

"돈은 있으세요?"

"이 정도면 되지 않겠소?"

이은은 품속을 뒤져 금 조각 몇 개를 올려놓았다.

'맙소사, 금전 감각도 엄청 떨어지네!'

대찬의 미간에 몇 줄의 주름이 깊게 파였다.

"어휴……."

"뭔가 잘못된 것이오?"

'멀리 보내자. 그래, 아주 멀리…….'

"사업하기 전에 배우셔야 될 게 많을 것 같습니다."

"뭐든지 말만 하시오. 내 다 따를 것이오."

"대학교를 먼저 가셔야 될 것 같아요."

"알겠소. 어디로 가면 되오?"

당장에 대학교를 찾아가려는 모습에 대찬은 실소가 나왔다.

"가장 좋은 대학교에 보내 드릴게요. 가서 배우고 뭘 할지 정해서 오세요."

"그리하겠소."

이은에게 동부의 끝에 있는 최고의 대학 하버드를 추천했다.

"미국에서 가장 좋은 대학교에 가게 되어서 기쁘오. 제대로 배워서 오겠소. 고맙소."

그러고는 동부로 몇 사람을 대동하고 떠났다.

대찬은 상류사회가 가까워지는 상황이 오자 혼자서만 부

를 갖고 누리며 사는 것보다 여러 사람과 나누어야겠다는 생각이 들어 창업 투자회사를 만들었다.

회사의 취지는 좋은 생각을 가지고 찾아오면 사업의 일정한 지분을 대가로 자금을 대고 사업 방식에 대해서 조언을 해 주는 것이었다.

초기에는 사람들이 전혀 관심도 없는 회사였다. 그러다 누군가 한국에서 먹었던 소주 공장을 차리고 싶다며 찾아왔고 대찬은 미래에서 먹었던 '시작처럼', '진짜이슬'이 생각나 전폭적으로 지원해 주었다.

사업은 술을 좋아하는 한인들답게 대박을 쳤고 다른 민족들도 맛이 괜찮았는지 소주를 찾기 시작했다.

회사로 뜻있는 사람들은 매일 찾아왔지만 크게 대박 치는 사업은 흔치 않았다. 하지만 대찬은 사람들이 미국 사회에 적극적으로 참여한다는 것에 만족했고 더불어 광복군의 활동 지원 자금도 계속 상승하는 추세였다.

"작은아버지는 따로 사업하고 싶지 않으세요?"

"지금까지 네 사업을 보면서 얼마나 귀찮고 피곤한 일인지 알게 되어서 그런지 몰라도 절대 그러고 싶은 마음이 없다. 그저 땅 파먹고 사는 게 딱 내 적성인데……."

길현은 한국에서 농사짓던 시절이 생각났는지 담뱃대를 들어 불을 붙였다.

명환의 부모는 아들이 시험을 본 사실을 알고 있었다. 하지만 시간이 지나도록 성적에 대한 이야기를 하지 않자 궁금했다.

"아들아, 왜 성적표를 안 보여 주니?"

명환은 대답했다.

"선생님의 가르침을 따르고 실천하느라 그래요."

"그게 무슨 말이냐?"

부모는 아들의 알쏭달쏭한 말에 이해가 안 된다는 듯이 물었다. 그러자 명환은 어깨를 당당히 펴고 대답했다.

"우리 선생님께서 말씀하시길 부모님께 절대로 걱정을 끼쳐 드릴 일들을 해서는 안 된다고 하셨어요."

부모의 얼굴에 분노의 기색이 내비쳤다.

"······."

"······그럼 소자 이만 외출하고 오겠습니다."

명환은 살살 뒷걸음질 치며 도망가려 했다.

"서라!"

후다다닥!

부모의 외침을 뒤로한 채 명환은 빛만큼이나 빠르게 뛰었다.

하지만 더 빠른 이가 있었다.

쿵!

순이가 발로 명환의 다리를 걸었다.

쓰러진 명환의 앞에서 순이는 승리자의 표정을 지었다.

"메롱!"

♣

블라디보스토크의 광복군 거주지에 손님이 찾아왔다.

"반갑습니다. 몽골에서 온 다쉬쩨벡 에르데네솝드라고 합니다. 편하게 다쉬라고 불러 주십시오."

"저는 티베트에서 왔습니다. 텐진이라고 합니다."

"저는 안중근이라고 합니다. 여기까지는 웬일이십니까?"

안중근은 몽골과 티베트에서 왔다는 두 사람을 환영했지만 전혀 연관이 없는 사람들이 광복군을 찾아왔다는 것에 대해서 의문이 생겼다.

"사실 우리는 이번에 중국에 분리 독립을 선언했습니다. 하지만 당연히 중국이 인정하지 않았지요. 몽골과 티베트는 독립을 하고 싶지만 자금이 여의치가 않아서 도움을 청할까 해서 왔습니다."

"도움요?"

"워낙 가난한 나라들인지라 날붙이만 가지고 있는데 그걸로는 전쟁에서 이길 수가 없다는 것을 알기에 무장투쟁을 생각만 하고 있다가, 혹시 한국의 군대라면 도와줄 수 있지 않을까 싶었습니다."

"그렇다면 우리에게 무슨 이익이 있습니까?"

"혈맹을 체결하고 한국의 독립을 위해 군대를 제공하겠습니다."

안중근은 제안의 실익을 따지기 시작했다.

"그건 독립을 하고 난 후에 도와주겠다는 말인데, 우리는 서로 간에 신뢰가 전혀 없소. 그러니 나중에 말을 바꿀지 어떻게 알겠소?"

결국 세 사람은 별다른 합의점을 찾지 못했다. 그것은 당연한 것이었는데, 애초에 접점도 없었고 신뢰도 전혀 없었다.

'가장 중요한 것은 우리가 중국의 영토에서 독립운동을 한다는 점이다.'

몽골과 티베트를 도와줌으로써 얻는 득보다 실이 더 많음이 분명했다. 결국 회의장은 각자의 어려움을 토로하는 자리로 변했고 다음을 기약하며 파했다.

객들이 떠나자 안중근은 수월한 군의 운용과 금력을 보고 달려드는 사람들을 보며 많은 생각을 했다.

"돈의 힘인가?"

최근에는 미국에서 보내 주는 돈이 너무 많아 소비하는 부분은 절반도 되지 않았다. 그래서 안중근은 나머지를 안창호에게 보내 문화유산을 지키기 위해서 많은 돈을 썼는데, 그러고도 많이 남았다. 결국 남은 돈들은 금괴로 바꿔서 은신처에다 숨기기 시작했다.

캘리포니아 상비군 사단은 미국 제1특수보병사단이라는 이름으로 샌디에이고에 자리 잡았다. 특수가 붙은 것은 특수군을 만들려는 것이 아니라 다인종이 섞여 있다고 붙인 것이었다.

처음 기획 의도는 한인들로 사단의 절반을 채우는 것이었으나 지원율이 낮아 3분의 1만 한인들이 자리했다. 그 나머지는 중국인과 일본인으로 채워졌다.

미국 정부의 입장에서는 별일 없을 거라고 생각했겠지만 생각보다 반발이 대단했다. 한인들이 일본인에게 등을 맡길 수 없다며 그들을 전출 보내거나 아예 한인들만 따로 군을 만들어 달라고 요구했기 때문이다. 그제야 사태의 심각성을 느낀 정부에서는 대찬에게 사람을 보냈다.

"불가합니다."

"영국이 미국을 식민했던 때와는 상황이 많이 다릅니다."

"중국은 상관없지만 일본은 절대 안 됩니다."

대찬마저도 일본인과의 화합을 거부하자 정부에서는 초강

수를 뒀는데, 군수 사업권을 회수한다는 것이었다.

　미래를 위해서 군수 사업을 무조건 해야 되는 대찬은 정부의 말을 들어줄 수밖에 없었다.

　"대신 조건이 있습니다."

　"뭡니까?"

　"알고 있겠지만 한인과 일본인이 만나면 무조건 싸우게 될 것입니다."

　"계속하시지요."

　"사건 사고가 일어났을 시에 한인들을 우선으로 생각해 주세요."

　"좋습니다. 대신 최대한 자제를 시켜 주십시오."

　일본인과 군대를 이룬다는 것이 탐탁지 않았지만 군수 사업이 걸린 문제라 대찬은 양보할 수밖에 없었다.

　으르렁대기는 했지만 정부에서도 충분히 인지를 하고 만날 수 있는 상황을 최대한 지양했기 때문에 사건 사고는 터지지 않았다. 하지만 너무 증오하는 대상이었기에 내부 잡음은 끊이지 않았다.

　드디어 대찬이 개인적으로 보호막 없이 사업을 할 수 있는 발판이 마련되었다. 주 경계를 넘어서 다른 주에 가면 상황이 달랐지만 캘리포니아 주는 친한파도 생긴 만큼 대찬이 편하게 활동할 수 있었다.

그래서 순수하게 소유 자금으로만 거침없이 군수공장을 만들었다. 보급 계통의 공장이었지만 일단 군대로 들어가는 순간부터 일정한 이익이 꾸준하게 발생하는 데다 후에 전쟁이 나면 그 소득은 더 커질 것을 아는지라 대찬의 입은 함지박만 하게 찢어졌다.

"룰루랄라, 나는 알고 있지, 앞으로 미국이 군수산업에 돈을 얼마나 쓰는지!"

박자와 음정을 무시한 노래는 계속해서 이어졌다.

"룰루랄라, 한국에도 가져가려면 여기서 개발 많이 해야지!"

군수 쪽에 발을 디딘 것도 큰 기쁨이었지만 이런 것이 쌓이고 쌓여서 한국에 도움이 된다는 사실이 대찬에게는 더 큰 기쁨이었다.

"대찬아, 전화받아라."

"네."

전화 소식에 대찬은 전화를 받았다.

"여보세요?"

─손녀사위. 날세.

순간 대찬은 막대기 두 개를 나란히 눕혀 놓은 표정을 지었다.

"웬일이세요?"

—언제 상견례할 건지 물어보려고 전화했네.

"어른들이 내달 하자고 하시네요."

—그렇게 오래 지나서?

"그날이 길일이라고 하시네요."

—길일?

"한인 문화예요. 중요한 행사를 할 때 좋은 날을 점쳐서 하는 거예요."

—끄응…… 조금만 일정을 앞당기면 안 되겠나?

"무슨 일 있으세요?"

—아, 아닐세.

"그럼 그때 뵙죠."

—알겠네.

전화를 끊고 난 존은 골치가 아팠다.

"망할!"

그는 요즘 상황이 마음에 들지 않았는데, 기뻐할 줄 알았던 대찬은 자신의 손녀딸과의 혼인을 탐탁지 않아 했고 손녀는 미개한 동양인과 어떻게 혼인할 수 있겠냐며 존을 닦달했기 때문이다.

"집사!"

존의 부름에 흑인 집사는 재빠르게 나타났다.

아메리칸
드림

"부르셨습니까?"

"엠마는 어디 있는가?"

"아가씨는 지금 정원에서 산책 중입니다."

"캘리포니아로 보내 버려!"

"네?"

집사는 존의 말에 깜짝 놀랐다.

"아가씨를 말입니까?"

"그래! 당장 짐 싸서 샌프란시스코 존 대찬 강에게 보내
버려!"

"아, 알겠습니다."

집사는 존의 눈치를 보고 빠르게 사라졌다.

"이놈이고 저놈이고 맘에 드는 놈이 하나도 없어!"

존이 손녀를 캘리포니아로 보내 버리라는 지시를 내리자
집사는 망설임 없이 이를 이행하려 했지만 손녀딸은 부리나
케 존을 찾았다.

"할아버지!"

"왜 그러느냐?"

"정말 왜 그러세요. 다른 남자랑 결혼하라면 하겠어요. 어
떻게 동양인이랑 결혼을 해요!"

"그럼 나는 어떻게 동양인이랑 사업을 하겠냐?"

"그 말이 아니잖아욧!"

날카로운 하이 톤의 목소리가 존의 집무실을 울렸다.

"긴말하지 않겠다. 너의 성은 이제 록펠러가 아니고 강이다."

엠마는 울고불고 떼를 써 보기도 하고 화를 내기도 해 봤지만, 존은 요지부동이었다. 그러다 곧 존의 지시로 강제로 샌프란시스코로 이동하게 되었다.

엠마의 부모까지 존에게 사정했지만 존은 완고했다.

"엠마는 딱 1년 뒤에 나한테 감사하다고 할 게야. 암, 그렇고말고."

"망할 노인네! 급하기도 하지. 벌써 손녀사위라고 부르다니……."

어떻게 하면 뒤집을 수 있을지 고민하고 있는 대찬에게는 소름 돋는 말이었다.

전화를 끊고 잠시 시간이 지난 뒤에 대찬은 느낌이 싸한 것을 느꼈다.

"으슬으슬하네? 노인네 사고 친 거 아니겠지?"

김 씨는 경복궁을 완성하고 난 다음 황실 가족이 머물 수 있는 궁을 샌프란시스코 외곽에 건설했는데, 말이 궁이지 정작 크기는 순화궁과 비슷한 크기였다. 이름은 사모궁思慕宮으로 불렀다.

"이제 대학교와 도서관을 지을 차례인가?"

원래대로라면 진즉에 대학교와 도서관을 짓기 위해 터 파기를 하고 있었을 테지만, 예정에 없이 황실 가족이 미국으로 오는 바람에 급하게 궁을 지어 계획이 잠깐 미루어졌었다.

촤락!

김 씨는 설계 도면을 활짝 펼쳤다.

"흠…… 잘 그렸네."

설계를 담당한 것은 프랭크였는데, 설계 실력을 인정한 김 씨가 넌지시 설계해 보라고 일렀고 프랭크는 완성한 도면을 보내 주었다.

"그런데 이놈이!"

성이 난 김 씨는 프랭크를 찾아갔다.

"왜, 왜 그러십니까?"

"한글로 써야 될 거 아니야!"

한바탕 화를 내고 가라앉자 김 씨는 휙 돌아섰다.

"도면 그대로 진행한다."

김 씨는 휘적휘적 숙소를 향해 걸어갔다.

대찬은 지도를 펴 놓고 한 손에는 펜을 들고 있었다. 유통망이 전국으로 뻗자 말로 하는 설명은 알 수 없어 일일이 위치를 잡아 표시해 한눈에 유통망을 볼 수 있게 만드는 작업을 했다.

"여기는 빠졌네, 하나 더 들어가야겠다."

그렇게 부족한 부분을 채워 넣고 하나씩 만들어 가자 거미줄처럼 촘촘한 유통망의 가상선이 완성되었다.

"아깝단 말이야, 배달만으로 써먹기에는. 전산 시스템만 있어도 매출이 쭉쭉 늘어날 텐데……."

컴퓨터를 이용해서 집에서 쇼핑을 하던 사람들이 생각나자 아쉬운 마음이 컸다.

"잠깐!"

번뜩이는 생각이 났다.

"전산이라, 전산이란 말이지!"

전산이라는 말은 컴퓨터로 정보처리를 하거나 전자회로로 계산을 하는 일을 말하는데, 현재의 기술력으로는 실현 불가능한 일이었다.

"하지만! 이가 없으면 잇몸이라고 했지, 흐흐."

음침한 웃음을 보이며 대찬은 다음 사업을 생각했다.

"그러니까……."

구상하는 것을 종이에 적기 시작했다.

쿵쿵!

"대찬아! 대찬아!"

아메리칸
드림

급박한 외침과 발소리로 대찬을 찾는 길현의 목소리가 들렸다. 굉장히 급박한 소리에 대찬은 바깥으로 뛰쳐나갔다.

"무슨 일이에요!"

"빨리!"

길현은 계속해서 다급하게 불러 댔다.

대찬은 길현이 재촉을 하자 빠르게 행동하여 응접실로 갔다. 들어가자 길현과 흑인 남성 한 명, 마지막으로 금발 머리의 백인 여성이 있었다.

"네 신부란다."

재미있다는 듯이 길현은 미소 지으며 자리를 피했다.

"어, 어……."

당황한 대찬은 순간 얼굴이 빨개졌다.

"존 대찬 강 씨 맞습니까?"

"네, 네, 맞습니다."

"저는 록펠러 가문의 집사 잭슨이라고 합니다. 그리고 이쪽은 존 씨의 손녀딸 엠마 엘라자베스 록펠러입니다."

대찬은 엠마의 얼굴을 천천히 살펴보기 시작했다. 갸름한 얼굴에 살짝 통통한 입술은 붉어 섹시한 느낌을 주었으며 오뚝한 코에 큰 눈 그리고 눈동자는 사파이어를 닮았다.

'드럽게 예쁘네.'

빼어난 미인이었지만 대찬은 왠지 모르게 현실처럼 느껴지지 않았다. 깊게 생각에 빠지려는 상황에 뾰족한 목소리가 대찬을 깨웠다.

"우리 아직 결혼하지 않았어요."

엠마는 넋을 잃고 쳐다보는 대찬이 마음에 들지 않았는지 톡 쏘며 말했다.

"아, 실례했습니다. 존입니다."

"엠마예요. 그런데 우리 할아버지는 어떻게 꼬신 거예요?"

대찬은 미간에 주름이 생겼다.

"그것보다 무슨 일로 오셨어요?"

이번에는 엠마의 미간에 주름이 생겼다.

"그냥, 한번 들러 봤어요."

"그렇군요. 그럼 이만 돌아가세요."

자리를 박차고 일어나려는 찰나 엠마가 말했다.

"저는 어디서 지내면 되죠?"

"네?"

"할아버지에게 이야기 못 들었나요?"

"무슨 이야기를?"

엠마는 고개를 절레절레 흔들었다.

"여기로 나를 쫓아내셨어요. 이젠 돌아가지도 못해요. 할아버지가 곧 집안의 법이니까요. 그쪽도 나와의 결혼에 관심 없듯이 저도 그쪽에게 관심이 없으니 적당히 숙소 하나만 마련해 줘요. 기회 봐서 돌아갈게요."

탁!

아메리칸
드림

대찬은 스스로 이마를 쳤다.

'골칫덩이가 늘었네. 역시 록펠러 가문은 나를 실망시키지 않아!'

"존 씨가 엠마 씨를 저에게 강제로 보냈다는 건가요?"

"맞아요."

"알겠습니다. 그럼 호텔로 가시죠."

"고마워요."

으레 하는 형식적인 인사만 하고 엠마는 호텔로 떠났다.

하와이에서 대찬이 하와이 자본을 모아 같이 시작했던 사업이 번창해서 여러 곳에 지점을 내었는데, 샌프란시스코의 전망 좋은 곳에 자리한 모아나 호텔도 그중의 하나였다.

많은 지점 중에서도 샌프란시스코 지점은 대찬이 대부분의 지분을 차지하고 있었는데, 한인이 많은 곳인지라 일부러 대찬이 자금을 더 투자해서 지분을 확보했다. 처음 미국 본토에 도착하는 한인들이 자부심을 가지라는 의미였다.

호텔 앞으로 캐딜락 모델 30의 차량이 섰다. 대찬이 내어 준 차였는데, 출시한 지 얼마 되지 않은 차인지라 흔하지 않은 고급 차량이었다.

딸깍.

입구에 서서 대기하고 있던 직원이 공손하게 문을 열어 주고 한쪽 손을 뻗었다.

"어서 오십시오."

엠마는 호텔에 도착하자 정신을 차릴 수가 없었다. 방으로 도착해서 혼자가 되는 순간까지 모든 직원들이 열과 성을 다해 서포트했기 때문이다. 아무것도 하지 않았지만 모든 것이 완벽하게 이루어졌다.

"능력 있는 남자네?"

최상층 스위트룸에서 창밖을 보자 한눈에 주변 환경이 들어오는 것이 꽤나 공을 들여 만들었다는 것을 알 수 있었다.

열려 있는 창문으로 바람이 살랑살랑 불어 엠마를 쓸어 만졌다.

길현은 록펠러 가문의 여식이 왔다는 소리를 듣고 편하게 쉴 수 있는 곳이 필요하다는 생각을 했다. 그는 항상 대찬을 지원하는 일을 도맡아 했던지라 원활하게 일을 진행시키는 것을 선호했다. 생각을 마친 길현은 전화기를 들었다.

－교환입니다.

"호텔 부탁해요."

－알겠습니다, 미스터 강.

항상 전화를 하면 받는 교환원의 목소리를 듣자 슬며시 미소가 지어졌다.

아메리칸
드림

－모아나 호텔입니다.

"길현이오."

－아, 이사님.

"이사는 무슨. 이따가 대찬의 차로 숙녀분이 갈 건데 최상의 서비스로 모시게. 비용은 받지 말고."

－알겠습니다. 더 지시하실 사항 있으십니까?

"그리고 대찬이가 전화하면 듣지 말고 내 말대로 진행하게."

－알겠습니다.

"이만 끊네."

엠마가 떠나고 대찬은 전화기를 들었다.

－교환입니다.

"호텔 부탁합니다."

－네, 미스터 강.

"예쁘면 뭐해!"

연결이 되는 동안 대찬은 구시렁거렸다.

－모아나 호텔입니다.

"대찬이에요. 손님 갈 건데 최악으로 대접해 줘요."

－넵! 알겠습니다.

그렇게 전화를 끊었다. 그런데 대찬은 느낌이 이상했다.

"이상하다? 왜 이리 싸한 느낌이 들지?"

따르릉따르릉!

"네."

—록펠러 가문에서 전화가 왔습니다.

"연결해 주세요."

—존인가?

"네."

—선물은 잘 받았는가?

"그게 선물인가요?"

—그럼. 선물이지! 그 아이 성씨도 강으로 바꾸라고 했으니 잘 데리고 살게.

"뭐라고요!"

—뭘 놀라고 그러나? 데리고 살다가 약혼하고 그러다 결혼도 하게.

"약속이랑 다르잖아요!"

—동거 안 하기로 한 약속은 한 적이 없을 텐데? 아무튼 엠마는 자네 집안사람이니 잘 부탁하네. 손, 녀, 사, 위! 아, 그리고 혹시라도 호텔이나 다른 곳에 보내서 따로 살지 말게. 그러면 내가 가만있지 않을 거야!

"하지만……."

—이만 끊네.

존은 전화를 끊어 버렸다.

대찬은 옆에 있는 소파로 쓰러졌다.

아메리칸
드림

"난 망했어……. 김태휘는 내 인생에 없을 거야……."

"대찬아!"
길현이 부르는 소리에 대찬은 좀비처럼 걸어갔다.
"무슨 일이세요?"
갑자기 수심이 깊어진 대찬의 얼굴에는 오묘한 표정들이
담겨 있었다.
"여기로 다시 왔구나."
고개를 돌려 보니 엠마가 뾰로통한 표정을 짓고 대찬의 집
에 돌아와 눈앞에 서 있었다.
"어떻게 다시?"
"집사가 할아버지한테 일러바쳤어요."
끄덕끄덕.
결국 원하건 원치 않건 두 사람은 한지붕 아래 살게 되었
다.

♠

대찬은 구상했던 사업을 하기로 마음먹었다. 일단 캘리포
니아에서만 실험적으로 하기로 했는데, 신문사가 필요했다.
신문사를 하나 만들어 전문적으로 상품을 광고하는 신문
지를 만들었다. 그러곤 각종 상품을 자세히 설명하는 글을

만들어 신문에 실었다.

주문을 전화로 받아서 판매했는데, 원하는 상품을 선택해서 전화를 걸면 주문을 받고 물건을 원하는 곳까지 배달해 주었다. 상품 대금은 배달을 하는 그때 받는 식의, 일종의 원스톱 홈쇼핑을 만들어 냈다.

하지만 결국 사업은 반쪽짜리 성공이었는데, 사람들이 편리함을 추구하기보다는 직접 눈으로 보고 만져야 그때 물건에 신뢰성이 생겨 구매를 결정했기 때문이다.

미래를 생각하고 만들어진 대찬의 사업은 결국 아주 구하기 힘든 물건이나 특별한 물건만 판매되는 선에서 그쳤다. 그런데 그 제품들이 대부분 고급 제품들인지라 어느 정도 유지가 되는 선에서 운영되었다.

일이 이렇게 되자 주변에서 사업을 포기하라는 말을 많이 했지만 곧 라디오도 나오고 TV도 나오는 것을 알기 때문에 대찬은 살짝 적자가 나더라도 먼저 선점해서 역사를 만들어 두는 것이 좋을 거라는 생각이 들어 유지하기로 결정했다.

대찬이 이 시대를 살면서 깜짝 놀란 것들이 많았는데, 과거 사람들이라도 절대로 무시해서는 안 된다는 걸 깨닫기도 했다. 종이컵의 특허 등록을 조금만 늦게 했더라면 다른 사람이 등록을 했을 것이라는 것을 나중에 알았다.

대찬은 미래를 알기에 이 시대 사람들의 눈에 혁신적으로 보이는 것이지만, 이 시대를 살고 있는 진짜 혁명가들이 정말 무수히 많다는 것을 느낄 수 있었다.

"그런데 왜 아직도 라디오가 나오지 않지?"

언론 매체라고 할 수 있는 게 신문밖에 없었기 때문에 정보의 홍수에서 살다 온 대찬에겐 여간 불편한 게 아니었다. 음악을 들으려면 축음기 소리를 들어야 했고 정보를 얻으려면 신문밖에 방법이 없었다. 그 외에는 입에서 입으로 전해들은 정보가 다라서 불편했다.

"라디오를 만들어 버릴까?"

라디오를 만들면 자연스럽게 무전기를 만들 수 있게 되니 군수 사업에도 연계가 될 것 같다는 생각이 들었다.

"어차피 무기도 아닌데…… 무기이려나? 일단 만들어 볼까?"

대찬은 어렸을 때 라디오를 만들었던 기억을 되살려 보기 시작했다.

어려서 부품들이 들어 있는 제품을 사 그 부품들을 조립하여 만들었던 기억이 있었다.

"별 도움이 안 될 것 같고. 다음은……."

군에서 배운 위급 시 간이로 만들 수 있는 라디오 제작방법이 생각났다. 그것은 마그넷(코일) 선으로 감싸고 면도 날과 연필을 연결하여 배터리 없이 쓸 수 있는 간이 라디오였다.

"간이 라디오라면 이걸 중심으로 제대로 된 라디오를 만들 수 있겠네?"

대찬은 여기서 한 가지 의문이 들었다.

"모스부호는 쓰고 있잖아. 혹시 이미 개발했는데 상용화를 못하는 것 아닌가?"

정보의 부재, 정보를 실시간으로 수집할 수 있는 사람들의 필요성을 크게 느끼기 시작했다.

"노인네한테 전화해 봐야 하나?"

심호흡 한번 크게 하고 전화를 걸었다.

-그래. 웬일인가, 손녀사위?

"끄응……."

'약 올라 죽겠네.'

대찬은 괜히 전화를 했나 싶었다.

"정보 수집하시죠?"

-당연하지 않은가?

"좀 도와주세요."

-손녀사위 부탁이면 들어줘야지. 뭔가?

"정보 수집을 조금만 도와주세요."

-그건 대가를 좀 받아야겠는데?

"뭘 드리면 될까요?"

-확답을 해 주게, 결혼을 하겠다고.

아주 중요한 선택의 기로에 서 있다는 것을 대찬은 느꼈

아메리칸
드림

다. 예와 아니요, 둘 중에 결론은 이미 정해져 있었다.

"좋아요. 무슨 일이 있더라도 결혼하겠습니다."

―좋아, 혹시 엠마를 잠깐만 바꿔 줄 수 있나?

"잠시만 기다려 주세요."

대찬은 엠마를 찾아 전화를 바꿔 주었다.

통화를 하는 시간 동안 엠마의 표정은 시시각각 변했다. 하지만 곧 체념한 듯한 표정을 짓더니 '네.'라는 말만 반복하고 곧 수화기를 대찬에게 넘겼다.

"말씀하세요."

―원하는 정보가 어떤 것인가?

"특허 정보와 중소기업들의 사업 방향과 개발하는 연구 제목들이 필요합니다."

―특허 정보는 어렵지 않지만 나머지는 너무 광범위하네.

"그럼 투자를 원하는 사람들의 연구로 정정하지요."

―그리고 또 없나?

"정보 카르텔을 하나 소개해 주세요."

―정보 카르텔이라……

"있으세요?"

―음……. 아니, 없네. 내가 독일 출신인지라 카르텔이라는 단어에 대해서 잠시 생각을 해 보았지. 언제 들어도 참 적절한 표현이라는 생각이 드네. 그런데 아직까지 자네가 생각하는 정보 단체는 없는데, 자네 이야기를 듣고 한번 만들어 볼 만하다

는 생각이 드는군.

"없어요?"

-체계적으로 하는 건 없고 그저 정보 교환하고 사람을 써서 수집하는 정도지. 뭐. 카르텔이라면 카르텔이지만 소규모 모임이지. 자네 아주 좋은 생각을 했어. 하나 만들어야겠어. 일단 자네가 필요한 정보는 구해서 전해 주겠네. 그리고 정보 카르텔을 만들면 자네도 참여하겠지?

"물론이죠."

-좋아, 그럼 다음에 통화하세.

뜻밖이었다. 소규모로만 카르텔이 형성된다는 것은 정말 의외의 대답이었다.

"소규모라. 최상층의 높은 사람들만 정보 교환을 한다면 그게 소규모일까?"

대찬은 존의 말에 어폐가 있음을 알 수 있었다. 자신만 해도 가만히 앉아 있어도 캘리포니아의 상황이 시시각각으로 들어왔기 때문이다.

똑똑.

노크 소리가 대찬을 방해했다.

"들어오세요."

문을 열고 들어온 것은 엠마였다.

"음……."

"또 그렇게 보시네요?"

"무슨 일입니까?"

"할아버지께 들었어요. 나와 결혼한다고 했다고요."

대찬의 이마에 식은땀이 맺히기 시작했다.

"사실입니다."

"그렇군요. 알겠어요."

엠마는 한없이 슬픈 표정으로 방문을 나섰다.

안중근에게 또 다른 손님이 찾아왔다.

"반갑습니다. 위구르에서 온 무하마드 알리라고 합니다."

"안중근입니다. 반갑습니다. 무슨 일로 찾아오셨습니까?"

"다름이 아니라 무기를 좀 제공해 주실 수 있겠습니까?"

"무기를 말입니까?"

"중국에서 위구르를 독립시키고 싶습니다. 지금 중국이 혼란스러우니 독립이 가능할 것 같은데, 너무 가난해 무기를 장만할 자금을 마련할 수가 없습니다. 염치 불고하고 원조를 요청합니다."

안중근은 전에도 비슷한 상황을 겪었는데, 중국에서 독립하기를 원하는 자들이 나라도 없는 한국광복군에 동맹을 제안하거나 원조를 요청했다. 요즘 그런 사람들이 부쩍 찾아오기 시작했던 것이다. 몽골, 티베트뿐만 아니라 중국 내의 소수민족들도 어디서 무슨 소문을 들었는지 찾아왔다.

"한 가지 질문해도 되겠습니까?"

"말씀하세요."

"도대체 어떻게 알고 우리를 찾아온 것입니까?"

"항간에 이런 소문이 돌고 있습니다. 한국의 광복은 확정적이라고요. 그리고 미국에서 자금을 넉넉하게 후원해 줘서 자금이 넘치다 못해 흘리고 다닐 지경이라고 하더군요."

"허, 정말입니까?"

"사실입니다. 그래서 저도 우리 민족의 독립을 꿈꾸며 같은 처지의 한국군을 찾아온 것 아니겠습니까?"

"누가 그런 말을 하고 다닙니까?"

"정확한 사실은 저도 모르겠습니다. 다만 중국에 그런 소문이 돌고 있습니다."

"알겠습니다. 일단 숙소에 가셔서 잠시 쉬시지요."

안중근은 위구르인을 숙소로 보내고 간부들을 소집했다. 급하게 회의를 열어 중국에서 흘러 다니는 소문을 이야기하고 대책을 마련하기 위해 열띤 토론을 벌였다.

🎩

"웬일이야?"

"일 좀 시켜 주라."

"일? 너 아직 학교 다녀야 되는 거 아니야?"

"결혼시킨다고 해서 도망쳤다."

대찬은 깊이 공감했다. 자신의 상황도 똑같이 억지 아닌 억지로 돌아가는 판이었기 때문이다.

"하와이로 안 돌아가려고?"

"응, 그런데 막상 먹고살기가 막막하더라."

준명은 갑자기 찾아와서 일자리를 달라고 대찬을 졸랐다.

"괜찮겠어?"

"괜찮아, 여기서 성공해서 떳떳하게 돌아가면 돼!"

마침 사람이 부족해서 일손이 달리던 터라 준명의 합류는 큰 도움이 될 것이었다.

"그럼 작은아버지한테 가서 일을 배워."

"알았어! 고맙다!"

준명은 그날부터 길현에게 일을 배우기 시작했다.

대찬은 차차 길현을 대신해서 다른 이에게 일을 맡기고 길현에게 다른 일을 맡길 계획을 세우고 있던 터였다.

"철영이 형이랑 준명이가 받쳐 주면 어느 정도 일이 수월해지겠지?"

철영의 활약은 대단했다. 대찬의 사업체를 도맡아서 관리해 주고 있었는데, 적성에 맞는지 즐겁게 일하고 있었다. 오히려 대찬보다 더 바쁘게 움직이는 활동가였다.

천재들

존은 대찬이 부탁한 정보를 보내 주었다. 그중에서 라디오
와 관련된 부분을 찾기 시작했는데, 아니나 다를까 리 드 포
리스트라는 인물이 이미 해군을 위해 라디오 방송국을 만들
고 있는 중이었다.

"역시 천재가 넘쳐 나."

무선의 부분에 조금 더 집중해서 살펴보니 1894년에 니콜
라 테슬라가 무선통신까지 실험 완료했다고 적혀 있었다. 더
놀라운 것은 마르코니라는 인물이 똑같이 무선통신을 실험
했고 그 역시 실험을 완료했다는 것이었다. 이들의 활약을
계속해서 살펴보다 대찬은 혀를 내둘렀다.

"그냥 이들을 영입할까?"

힘들게 생각해서 해 보려 했던 분야들을 다른 이들이 먼저 개발해 두었다는 것을 알게 되자, 대찬은 이 시대에서는 기발한 생각을 제공하고 영입한 천재들이 개발하는 것이 더 빠르다는 생각을 했다.

"문제는 제의를 하면 오겠느냐는 거지."

대찬은 충분히 가능하다는 생각을 했다. 과학자나 기술자는 사업가가 되기 힘들다는 말이 생각났기 때문이었다. 그리고 이미 엔지니어인 스미스도 같이 사업을 해서 재미를 보았기에 연구 자금만 충분히 지원하면 제의에 응할 것이라고 결론이 났다.

"어차피 밑져야 본전이니까 시도라도 해 보자."

대찬은 영입 리스트를 만들었다.

"삼겹살! 삼겹살이 먹고 싶다!"

안줏거리 몇 개 가져다가 혼자 술을 마시던 대찬은 삼겹살이 무척 생각이 났다. 소주에는 삼겹살, 치킨에 맥주가 미래에서는 진리로 통했었다.

"불판 위에 고기 올려 구운 다음에 상추에 깻잎에 고기 올려 파절이에 마늘, 고추 올리고 쌈장 딱 찍어서 한입에, 왕!"

대찬의 입에서 고인 침이 꼴딱꼴딱 넘어갔다.

"그래, 결심했어!"

본격적으로 삼겹살을 유통하기 위해서 알아보았다. 일단 삼겹살을 아는 사람이 있는지 알아보기 시작했는데, 물어보는 사람마다 전혀 몰랐다.

"왜 아무도 모르지?"

이상했다.

한국 고유의 음식이라고 생각했는데 아는 사람이 하나도 없었던 것이다.

그래도 삼겹살을 포기할 수 없어서 대찬은 한인을 만날 때마다 꾸준히 물어보고 다녔다.

"혹시 삼겹살 아세요?"

"삼겹살?"

"네, 돼지고기가 이렇게 정육된 고기요."

"아…… 삼층제육 말입니까?"

"그걸 삼층제육이라고 해요?"

"내 고향 개성에서는 삼층제육이라고 하고 다른 곳에서는 세겹살 혹은 뱃바지라고도 한다지요."

"혹시 구할 수 있습니까?"

남자는 고개를 저었다.

"힘듭니다. 특별한 비육법이 있다고만 알고 있습니다. 아마 돼지를 잡았을 때 고기의 모양이 그렇게 썩 나오지 않는다고 알고 있습니다."

대찬은 돼지를 기르고 있는 농장에 삼겹살 개발을 지시하고 비육법을 만들어 내는 사람에게 특별 포상금까지 약속하였다.

"이건 나를 위한 게 아니야! 사람의 식문화 발전에 이바지하는 거야!"

◆

대찬의 영입 리스트에서 가장 최우선 대상은 리 드 포리스트와 니콜라 테슬라였고 다른 분야로는 록히드 형제와 라이트 형제였다.

연구의 투자 방향을 뒤지던 중에 항공 산업이 발견되었고 무조건 성공한다는 생각에 대찬은 발을 디딜 계획을 세웠다.

한쪽은 통신의 최강자라고 판단되는 사람이었고 나머지는 항공의 최강자였다. 물론 그중에서도 우선이 있었는데, 록히드 형제는 무슨 수를 써서라도 영입한다는 방침을 세웠다.

리 드 포리스트는 피드백 회로라는 특허 때문에 E. H. 암스트롱으로부터 특허권 침해로 소송당해 격렬한 논쟁이 오가고 있었다.

이 소식을 전해 들은 대찬은 나이스를 외쳤다. 자신이 살짝 도움을 준다면 영입할 수 있는 확률이 늘어나기 때문이었다.

"엠마 씨, 저와 같이 미팅에 가시죠?"

"미팅요?"

엠마는 깜짝 놀랐다. 중요한 회의에 자신을 데리고 갈 거라 생각하지 못했었기 때문이다.

"왜 저를?"

"록펠러잖아요."

"록펠러……."

원하는 것을 단박에 알 수 있었다.

"그렇게 해요."

엠마는 외출 준비를 하기 시작했다.

"반갑습니다. 존 대찬 강입니다."

"리 드 포리스트."

포리스트는 옆의 여자는 누구냐는 듯이 눈으로 물었다.

"엠마 록펠러입니다. 저의 약혼자입니다."

그는 흠칫 놀라는 모습을 보였다. 백인과 약혼해서 놀란 것인지 록펠러라는 이름에 놀란 것인지는 알 수 없었지만, 대찬을 경시하는 모습은 처음보다 훨씬 줄어든 상태였다.

"왜 만나자고 했습니까?"

"소유하고 계시는 지식과 특허에 관심이 있어서 만나고자 했어요."

"흠……."

탐탁지 않은 표정으로 대찬을 바라봤다.

"마음에 들지 않군요."

'거침없는 사람인가? 아니면 백인 우월주의자인가? 그런데도 앉아 있는 것 보면 아예 관심이 없지는 않은 것 같네.'

빠르게 생각을 정리하고 말했다.

"무조건 지분의 절반 그리고 전폭적인 지지, 현재 소송도 깔끔하게 정리해 드리죠."

"능력은 있습니까?"

대찬은 엠마를 한번 바라보고 다시 포리스트를 보며 말을 했다.

"충분합니다."

가뜩이나 불편한 일의 연속이었던 포리스트는 대찬과 만나기로 약속하면서 더 불편했었다. 캘리포니아의 의원이 부탁하지 않았더라면 대찬을 만날 생각 자체를 하지 않았을 것이다.

"생각할 시간이 필요합니다."

"좋습니다. 결정하시면 저에게 연락 주세요."

대찬은 오른손을 뻗었다. 처음에는 악수를 무시했었지만 다시 뻗은 손은 무안하지 않게 받아 주었다.

다음으로 찾은 것은 라이트 형제였는데, 이미 형제의 형인 윌버 라이트가 작년에 장티푸스로 사망했다. 회사라도 인수하기 위해 위버 라이트를 찾았지만, 이미 회사는 정부에 매각 처리를 해 버린 다음이었다.

탁탁탁.

손가락으로 책상을 두드리며 대찬은 다음에 만날 대상에 대해 고민을 했다.

"에디슨은 가능성이 없지만 이 사람은 가능성이 충분하지."

존에게 넘겨받은 정보에 의하면 숫자 3을 광신적일 정도로 좋아했고 청결에 대한 강박증이 있다고 적혀 있었다.

"닥터 노처럼 이 사람도 어렸을 때 ADHD(주의력 결핍/과잉 행동 장애)였었나?"

미래에서 TV를 보며 주워들은 상식에 따르면 어렸을 적에 ADHD를 겪은 사람은 강박증 증세를 보인다고 했다.

"아, 인피니티 챌린지 보고 싶다……. 아, 이게 아니고, 아무튼 결론은 금전적으로 아주 가난하다는 거지."

대찬은 니콜라 테슬라에게 편지를 썼다. 그리고 뉴욕에서 샌프란시스코까지 올 수 있게 여비를 동봉하여 보내 주었다.

"진짜 괴짜라는데 만날 수는 있으려나 모르겠네."

통통 튀는 사람이 제대로 캘리포니아까지 도착할 수 있을지 너무 걱정됐다.

토마스 에버그린은 캘리포니아에서 활동하는 의원 중의 한 명이었다. 처음부터 관계가 좋게 시작되었기 때문에 꾸준히 서로에게 관심을 가졌으며 캘리포니아에서 대표적인 친한파 중의 한 명이었다. 그런 그가 굳은 표정으로 대찬을 만나러 왔다.

　　"존, 좋지 못한 소식이 들리는군요."

　　"무슨 일 있어요?"

　　"위에서 지시가 내려왔습니다."

　　"뭔가요?"

　　"중국에 있는 한인들에게 돈을 보내지 말라고 하더군요."

　　"네?"

　　"상황이 좋지 않습니다. 일본이 자꾸 우리를 걸고넘어집니다."

　　정확한 내막을 모르는 대찬은 답답했다.

　　"정확한 설명을 부탁해요."

　　"중국에 미국이 한인 군대를 지원한다고 소문이 퍼졌답니다."

　　"허!"

　　"물론 그런 적이 없습니다만 캘리포니아에 있는 한인들의 지원금이 적지 않은지라 미국 정부가 적극적으로 밀어 주고 있는 게 아니냐며 일본이 정부를 압박하고 있는 모양입니다."

미국은 전대 대통령 태프트와 일본의 가쓰라의 밀약으로 일본과 사이가 굉장히 좋았지만, 우드로 윌슨이 대통령이 되면서 일본과의 관계는 유지하며 지원을 많이 해 주었던 한인들도 지지해 주고 있는 상황이었다.

"그러니 당분간 소문이 가라앉을 때까지 군대에 대한 지원을 멈추어 주길 바랍니다."

"알겠습니다. 따라야겠지요."

"좋습니다. 그럼 그렇게 알고 다음에는 좋은 주제로 대화를 나누었으면 합니다."

토마스가 떠나자 대찬은 광복군의 자금이 부족하지 않을까 싶어서 평소보다 조금 더 많은 돈을 보내 주었다. 그리고 상황을 알릴 수 있는 편지를 썼다.

🎩

몇 년 전에 실패하고 적절하게 유지만 되던 치킨 사업이 느닷없이 대박을 터트리기 시작했다. 이는 한인들 때문이었는데, 삼복의 효과가 주효했다.

닭이 흔해지자 삼계탕을 주로 해 먹기 시작했고 그러다 보니 색다른 맛을 찾게 되었다. 한인들이 치킨을 사 먹는 빈도

수가 늘기 시작한 것이다. 더불어 양계 사업으로 닭이 대량 공급되자 가격도 저렴한 편이라 부담이 없었다.

한인들이 먹게 되자 같이 식사를 하던 이나 혼혈 아이들도 맛보게 되었는데, 맛이 좋아 점점 소문이 나기 시작해서 백인들까지도 즐겨 먹는 음식으로 바뀐 것이다.

한 지점에서 일손이 달려 제대로 공급을 하지 못하게 되자 다섯 개였던 매장이 순식간에 수십 개로 늘어났다. 그럼에도 불구하고 폭발적인 인기를 감당할 수 없게 되자, 대찬은 여러 사람들을 끌어들여 각각의 치킨 브랜드를 만들 수 있게 도와주었다.

혼자서 만들어 파나 여럿이 만들어서 파나 모두 다 대찬의 양계 사업장에서 닭이 제공되었기 때문에 어떤 식으로든 대찬의 이익은 날로 늘어만 갔다.

치킨 열풍은 캘리포니아에서 시작되었지만 주변으로 서서히 마력을 뽐내며 사람들을 중독시켜 갔다. 특히 다른 주에서도 흑인들의 음식이라는 편견이 깨져 거리낌이 없어지자 판매에 큰 영향을 미쳤다.

판매량이 늘수록 닭의 공급이 부족해졌다. 대찬은 양계 사업을 더 키웠지만 본토 전역에 물량을 공급할 수 없었기에 유태인들에게 귀띔을 하여 동부 쪽에 양계 사업을 권유하였다. 게다가 가능성을 본 사업자들이 곳곳에 양계장을 차리며 닭을 키우기 시작했다.

성공을 원하는 자들은 고유의 레시피를 만들기 위해 혈안이 되었다. 그리고 맛 좋은 치킨은 금방 브랜드화되어 성공가도를 달렸다. 바야흐로 치킨 전쟁이 시작된 것이다.

하지만 대찬은 별걱정을 하지 않았다.

"미래를 알고 있는 나는 만들 치킨이 엄청 많지!"

대찬의 치킨 매장에 새로운 메뉴가 속속 등장하기 시작했다. 새로운 맛에 보수적인 사람들이 많아 처음 판매는 주춤했지만 이내 곧 다양한 맛에 매료되기 시작했다.

가장 인기를 끄는 것은 양념치킨이었다. 새콤달콤한 치킨과 양념의 환상적인 조화를 남녀노소 가릴 것 없이 즐겼다.

치킨으로만 끝내는 것이 아니라 콜라 회사와 계약하여 일정 분량 공급할 수 있게 만들었고 맛의 종점을 찍을 수 있는 치킨 무를 개발하여 치킨과 곁들여 먹을 수 있게 했다. 무역시 판매를 하였는데, 생각보다 비용이 많이 들었기 때문이다.

판매로 금액이 추가되기는 했지만 한번 무를 집어 든 사람들은 느끼함을 잡아 주는 무를 포기할 수 없었다.

"역시 닭고기는 사람을 실망시키지 않아."

대찬은 치킨 브랜드 이름을 KFC로 지었는데, 미래의 캔터키 프라이드치킨이 아니라 코리안 프라이드치킨이었다.

"전문적인 치킨은 한국이 원조가 되는 건가?"

생각하면 웃기는 일이라 대찬은 한참을 웃었다.

"인형을 만들까?"

KFC 하면 매장 입구의 할아버지 인형이 생각이 났다. 대찬은 매장 앞에 할아버지 인형 대신 자신의 인형을 만들까 심각하게 고민하다가 포기했다.

"쪽팔려."

아무래도 창피하니 자신의 인형을 세울 생각은 포기하고 다른 인형을 세울까 한참을 고민하다가 굳이 세울 필요가 없을 것 같아 대신에 매장 입구에 태극기의 태극만 쏙 빼내서 크게 그려 놓았다.

"펩시 같네?"

펩시를 떠올려 보자 콜라의 미래가 생각이 났다.

"끝내주지. 다른 것 팔 필요도 없이 콜라만 팔아서 세계적으로 돈을 버니까."

심지어 콜라 맛을 내는 상품들도 인기를 끌었다.

"아무래도 탄산음료 회사는 하나 만들어 놔야겠다."

대찬은 탄산음료에 대한 자체 브랜드를 만들기 위해서 탄산음료 연구실을 만들었고 탄산음료의 개발을 지시했다.

목표는 콜라, 사이다 그리고 과일 향이 첨가된 음료였다.

처음 채용된 연구실 사람들은 쉽게 보고 대찬에게 바로 보고했지만 대찬은 번번이 퇴짜를 놓았다.

"푸흐, 이걸 무슨 수로 마신답니까? 계피 맛만 주야장천 나는데. 이럴 바엔 수정과를…… 식혜랑 수정과도 만들어 팔아야겠다. 아무튼 제대로 만들어서 다시 보고하세요."

계속해서 대찬에게 보고되었고 시음을 했지만 번번이 마음에 들지 않았다.

그러다 사람들의 개발 의욕이 떨어진 것 같다는 생각이 들어 마음에 드는 맛을 만드는 사람에게 어느 정도 금액의 포상을 하겠다고 공표했다. 그러자 연구실은 밤낮없이 연구에 집중하기 시작했고 드디어 대찬의 마음에 드는 맛을 만들어 낼 수 있었다.

"파인애플을 첨가했다고요?"

"네."

한 손에 든 노란색 액체를 보다 시음을 시작했다.

꿀꺽꿀꺽!

"……!"

대찬의 표정이 좋아졌다. 오랜만에 맛보는 익숙함 때문이었다.

"시판하도록 하죠."

개발을 한 직원에게 포상을 하고 파인애플 맛 음료를 만들 공장을 지었다.

"보스, 음료의 이름은 뭐로 할까요?"

"환타, 환타로 하죠."

약속이 지켜지는 것을 보자 연구실은 더 바빠졌고 대찬이 원하는 수준의 음료들이 개발되기 시작했다. 그러나 단 하나

콜라만은 정말 까다롭게 심사를 했는데, 다른 브랜드의 콜라를 이기기 위해서였다.

치킨을 계기로 엠마와 대찬의 사이는 조금 가까워졌다. 대찬이 만든 음식을 소비해 줄 사람이 필요했던 것이다.

처음에는 음식에 대한 관심이 없었지만 자꾸 맛있는 냄새가 나자 주변을 기웃거렸고 그런 엠마를 보고 권하자 못 이기는 척 자리에 앉아 치킨을 시식했다.

"그렇게 큰 눈이 정말 동그랗게 뜨였는데 정말 귀여웠지!"

엠마는 키가 크지는 않았지만 비율이 좋아 커 보였는데 외모도 섹시함과 귀여움이 한 얼굴에 공존하고 있었다. 평소에는 좀 싸늘하게 보여 얼음 미녀 같았지만, 한 번씩 귀여운 행동을 하며 배시시 웃을 때 대찬은 큰 매력을 느꼈다.

"대찬!"

거실에 앉아서 쉬고 있자 엠마가 다가왔다.

"네."

"저기 혹시……."

대찬은 무슨 뜻인지 알 것만 같았다.

"잠시만 기다려요."

고개를 끄덕이며 대찬을 쫓아갔다.

주방에 튀김을 할 수 있는 시설을 마련해 놓았는데 직접 고안하고 설계한 설비였다. 설비를 이용해서 대찬은 능숙하게 음식을 만들기 시작했다. 그 모습을 엠마는 묘한 눈빛으로 쳐다봤다.

대찬은 사업체를 하나씩 점검해 보기 시작했다. 사업체 중에서 가장 큰 수익을 가져다주는 것은 유통업과 호텔 사업이었고 가장 수익이 적은 것은 홈쇼핑이었다.

"이번에 적당히 정리를 해야겠어."

너무 방만해진 사업들은 관리하기 벅찼다.

대찬이 가장 믿는 사람은 길현과 인수였는데, 거기에 준명과 철영이 포함되었다. 아직까지 준명은 길현을 따라다니며 일을 배우고 있었고 인수를 포함한 셋은 로비 일로 바빴다. 결국 제대로 사업체를 돌보는 것은 철영 혼자뿐이었다.

이들 밑에도 각자의 부하 직원이 있었지만, 대찬의 최측근 사람들 숫자가 너무 적어 서로 보기 힘들 때는 상의할 사람이 없었다.

"사람이 더 필요해!"

인재의 부족함을 항상 느끼고 있었지만 쉽게 사람을 쓸 수는 없었다. 그나마 광복군에서 신변을 위해 보내 준 군인들이 믿을 만했지만 이들은 군인이지 사업가가 아니었다.

"사람을 키워야겠어, 믿을 수 있는 사람을!"

대찬은 가장 근처에 있는 사람들에게 묻기 시작했다. 그 결과 몇 사람을 추천받을 수 있었다.

추천받은 사람들의 능력과 신뢰성을 알아볼 수 있게 철영에게 보내 가장 밑바닥부터 일을 배우게 했다. 그리고 다달이 보고를 받을 수 있게 조치하였다.

　　　　　　　　　　🎩

　　"왜 다들 동부에 있지?"
　　쓸 만하고 필요하다고 생각하는 사람들은 죄다 동부에 밀집해 있었다. 서부에 있는 대찬은 이것이 참 못마땅했다.
　　"니콜라 테슬라는 부른 지가 언젠데 아직도 나타나지를 않고, 어휴!"
　　유일하게 가까이에 있던 것은 록히드 형제였다.
　　전화기를 들고 존에게 전화를 걸었다.
　　─오늘은 또 무슨 일인가?
　　대찬은 깜짝 놀랐다. 자신의 전화를 존이 직접 받았기 때문이다.
　　"왜 존이 직접 전화를 받아요?"
　　─교환원에게 이야기해 두었거든. 캘리포니아에서 전화가 오면 따로 지정해 놓은 전화로 연결해 달라고 말이지.
　　"쉽게 해 주던가요?"
　　─돈 주니 해 주더군. 그건 그렇고 용건은?
　　"록펠러 이름을 써야겠습니다."

아메리칸
드림

-좋네, 어떤 사업인가?

"항공 산업이에요."

-항공?

"지금 당장 돈은 안 되겠지만 향후 30년 이내에 엄청난 돈을 벌게 될 것이라고 장담하죠."

-30년이라…… 좋아!

"캘리포니아에 오셔야겠어요. 록히드 사가 여기 있거든요."

-알겠네. 그럼 가서 보세.

존이 캘리포니아에 도착하자 대찬은 엠마와 함께 마중을 나갔다.

"두 사람, 보기 좋구먼."

존은 둘 사이에 살짝 좋은 분위기가 형성되었다는 것을 느끼고 있었다. 미묘한 차이였지만 확신했다.

호텔로 자리를 옮겨 대찬과 존의 사업 이야기는 계속되었다.

"지분만 얻어야 한다?"

"먼저 지분을 얻어서 기술을 제공받을 수 있는 명분을 만든 다음에 독립해서 따로 회사를 만들어야 될 것 같아요."

"이유는?"

"우리가 참여하는 순간부터 독점을 만들어 버릴 테니까

요."

"그럼 안 되지, 애써 만들어 놓은 것을 해체해야 하니까 말이야."

"그러니까 적당한 투자를 해서 어느 정도 지분을 만들고 기술력을 얻은 다음 정부와 협상해서 라이트 형제의 회사를 인수받는 게 계획이에요."

록히드 사는 주주가 여럿인 회사였다. 록히드 형제만 아니라 잭 노스럽이라는 공동 창업자도 있었기에 회사를 인수하면 중요한 누군가가 나갈 수도 있었다. 그랬기에 확실한 개발자가 누군지 모르는 상황에서 덜컥 회사를 삼킬 생각은 하지 못했고 기술을 제공받을 수 있는 창구를 만드는 것으로 방향을 선회했다.

"가능성은 충분한 것 같아. 그런데 기술력을 제공받아도 완제품을 자체 생산하기까지는 무리일 것 같다는 생각이 드는구먼. 우리에게는 기술자가 없다네."

"협상을 해서 록히드 사에서 기술자들을 얻어 내면 충분하다는 생각이 들어요. 사람은 출세의 욕망이 있으니까요."

"출세의 욕망이라……. 자네 혼자였으면 절대 이 사업을 못 했겠구먼."

록펠러라는 이름이 주는 무게감은 이 시대 사람들에게 상당했다. 석유왕 '존 데이비슨 록펠러'는 매일 신문에 오르락내리락하며 알려진 대찬의 최고 패였다.

"약속은 잡혔나?"

"이번 주 내로 만나기로 했어요."

"기대되는구먼."

두 사람이 이야기를 나누는 곳 창밖에는 티끌 하나 없이 파란 하늘이 드넓게 펼쳐져 있었다.

록히드 사는 비행기를 만드는 업체답게 넓은 개활지가 있는 곳에 자리하고 있었다. 그 중심에는 아주 커다란 창고 같은 건물이 있었는데, 한 대의 차량이 그곳으로 이동하고 있었다.

"저기 마중 나와 있는 것 같아요."

대찬의 말에 신문을 읽던 존의 눈이 정면을 바라봤다.

곧 차가 건물 앞에 섰고 대찬과 존은 차에서 내렸다.

"앨런 록히드입니다."

"말콤 록히드입니다."

"잭 노스럽입니다."

존과 악수를 나누며 인사를 했다. 곧 대찬도 인사를 할 수 있었는데, 이들의 관심은 오로지 존에게만 집중됐고 대찬은 그저 존과 같이 온 신비한 동양인일 뿐이었다.

"여기는 존 대찬 강이라고 하네. 손녀사위지."

대찬의 기를 살려 주자 세 사람의 눈이 이채롭게 빛났다.

내부로 이동하자 현재 연구하고 있는 비행기의 모습들이

보이기 시작했다.

"저것이 비행기로구먼. 정말 하늘을 날 수 있는가?"

"하늘을 날아 본 것도 있고 나머지는 날 수 있도록 연구하고 있습니다."

"그렇구먼."

존은 고개를 끄덕였다.

이야기가 진행될 회의실에 당도하자 존은 자리에 앉아 말했다.

"지금부터 여기 있는 이 친구와 협상을 하게."

존은 대찬의 어깨에 손을 올려 한번 두들겨 주었다.

"알겠습니다."

수긍을 한 세 사람은 대찬에게 집중하기 시작했다.

"혹시 샌프란시스코의 존 대찬 강이 맞습니까?"

"저를 알고 계시나요?"

"캘리포니아에 살면서 가장 유명한 사람을 모를 수가 없지요. 그런데 조금 의외이긴 합니다."

묘한 여운이 남는 말이었다.

"여기까지 찾아온 이유는 투자입니까?"

"맞습니다. 정확히는 기술제휴입니다."

"우리의 기술이 얻고 싶으신 거군요?"

"그렇습니다."

"개발이 많이 필요한 사업입니다."

"그래서 연구에 투자를 할 의향이 있습니다. 연구에 필요한 자금을 지원해 드릴 테니까 개발된 기술을 같이 공유하자는 것이지요."

"우리가 얻는 이익은 자금의 압박이 사라지는 것이군요."

세 사람은 심각하게 고민하기 시작했다.

"정부에서 라이트 형제의 회사를 사들여서 운영하고 있지만 제대로 운영될 것이라고는 볼 수 없죠. 우리는 그 회사를 사서 록히드 사와 경쟁할 수 있는 업체를 만들려고 합니다."

"우리가 경쟁 회사가 생기는 것을 왜 반기겠습니까?"

"독점 금지 법안으로 독식하지 못하니까요. 그리고……."

"그리고?"

"지금 당장은 기술을 배워야 하는 입장이지만 나중에도 그럴까요?"

비행기를 제작한다는 것은 최첨단 산업의 집약체다. 많은 자금이 필요했고 작은 부품 하나까지 연구할 사람이 필요했다. 결국 자본이 많은 사람이 연구를 할 수 있는 인재를 많이 포섭하기에 자금을 꾸준히 지원해 준다면 기술 격차는 상당히 벌어질 것이었다.

"그렇다면 지분은 얼마나 요구하실 건가요?"

"30퍼센트 600만 달러, 향후 20년간 기술제휴 협약서."

순간 정적이 일었고 세 사람은 침을 삼키기 시작했다.

"새, 생각할 시간이 필요합니다."

"좋습니다."

존과 대찬은 일주일 이내로 다시 만나기로 하고 자리를 파했다.

집으로 돌아온 대찬은 신한민보를 읽던 중 무릎을 탁 쳤다.

비행기의 좋은 성적

하와이 마위와일룩구(지역 이름) 김광명 씨가 비행기 제조를 연구해 우선 작은 비행기를 만들어 날려 보았으며 이번에 좋은 성적을 얻어 한번 크게 시험할 계획이 있는데, 자금이 넉넉하지 못해 그 계획을 중지하고 자본을 모으고 있다.

대찬은 하와이에 연락해서 김광명을 샌프란시스코에 보내 달라고 했다.

"뭔가 일이 되려고 하나? 술술 풀리는 느낌이야."

며칠 후 록히드 사와 2차 협상이 진행되었는데 이들은 35퍼센트를 제공하는 대신 1천만 달러를 달라고 했다. 과한 것 같았지만 그 돈을 투자함으로써 기술력이 좋아질 것은 분명한 사실이었기 때문에 존과 상의한 후에 35퍼센트에 870만 달러로 최종 합의를 하였다.

"35퍼센트에 870만 달러, 향후 20년간 만들어질 회사의 기술을 공유한다. 록펠러나 강의 가문이 항공 산업 회사를 만들 시 적극적으로 협조한다."

변호사는 계약서를 두 부 만들어 이상이 없는지 확인하고 중간에 서명을 했다.

"서명하세요."

서명을 하는 사람은 대표로 있는 록히드 형제 중의 한 사람과 존, 대찬 이렇게 세 사람이었다.

"이제 정부와 협상할 차례인가?"

"자네가 어련히 알아서 잘할 테지만 이번에는 내가 좀 나서려고 하네."

"존이 직접 하신다고요?"

"아무래도 그게 모양새가 좋을 것 같네."

"알겠어요. 그럼 저는 준비를 해 둘게요."

존은 곧바로 미 정부와 협상에 돌입했다. 정부에서도 차기 항공 산업체로 록히드 사를 생각했었는지 라이트 형제가 만든 회사는 싼 가격에 인수할 수 있었다.

이 회사를 캘리포니아의 대찬이 준비해 둔 부지로 옮겼고 이름도 록펠러-강으로 바꿨다.

여기에 하와이에서 부른 김광명도 소속을 시켰는데, 원체 항공기에 관심이 많았던 광명은 물고기가 물을 만난 듯이 열심히 일했다.

돼지 농장에서 고기를 보내 주었다.

"삼겹살!"

세 개의 층으로 나뉜 고기를 보자 대찬은 입맛이 돌기 시작했다. 숯에 불을 붙이고 여러 가지를 준비한 다음 가족들을 부르고 솥뚜껑 위에 삼겹살을 굽기 시작했다.

치이이익.

고기가 잘 달궈진 솥뚜껑 불판 위에서 맛있는 소리를 내었다.

"향긋한 고기 냄새!"

익숙한 손길로 고기를 구워 내 곧 식탁 위에 가져다주었다. 식탁을 채운 이는 길현과 인수, 준명, 마지막으로 엠마였다.

대찬은 같이 먹기 위해서 일을 도와주는 사람에게 고기를 구워 줄 것을 부탁했고 식탁에 앉아 먹기 시작했다.

"왜 아무도 안 먹어요?"

"그게……."

익숙하게 쌈 채소를 들고 고기를 올려 한입에 넣어 먹었다. 한입 크게 들어가자 대찬은 몸을 부르르 떨었다.

"아, 맛있어!"

이들이 먹지 못했던 이유는 어떻게 먹어야 될지를 몰라서였다. 처음 보는 삼겹살은 너무 생소한 음식이었기 때문이다. 고기만 먹을 수도 있었지만 야채가 많이 있는 것을 보아 이유가 있을 것이라고 생각했다.

곧 대찬이 먹는 모습을 보고 나머지도 따라서 삼겹살을 먹기 시작했는데, 모두 한입 먹고 난 후에는 말소리는 전혀 들리지 않고 오로지 식기 소리만 들렸다.

결국 많던 삼겹살을 다 먹는 데 걸린 시간은 채 1시간도 되지 않았다.

대찬은 삼겹살을 개발한 사람에게 포상금을 주었다. 그리고 개발한 사람에게 현재의 비육법으로는 많은 양의 삼겹살이 나오지 않으니 크게 사업하기는 힘들 것 같다는 의견을 들었다. 그래서 사업보다 자신이 먹기 편하게 살고 있는 근처에 삼겹살 전문점을 만들었다.

일본은 메이지유신 동안 막부와 막번 체제가 하급 무사들을 통해서 무너졌고 일왕 중심의 왕정복고가 이루어졌다. 그러자 체제에 불만을 갖고 반란을 일으킨 자들도 있을 정도였다.

일본 정부에서는 적응하지 못하는 사람들을 한국으로 보내기 시작했다. 상급 무사 출신들이었으나 시대에 적응하지 못한 자들, 지극히 가난한 자들이 대부분이었고 정부에 불만이 대단한 이들이었다.

이들은 울분을 한인들에게 풀기 시작했다. 결국 한국에 남아 있던 한인들은 대대적으로 한국을 떠나기 시작했다. 일본인들의 괴롭힘과 수탈을 견디기 힘들었던 것이다. 특히 떠나기로 결심했던 것 중에 결정적인 역할을 했던 것은 미국으로 가면 사람답게 살 수 있다는 소식이었다.

사람들이 많이 떠나자 국내는 친일파가 득세하는 상황으로 변모하게 되었다. 하지만 친일파도 편하게 지내지는 못했는데, 괴롭힐 대상이 사라지자 친일파 역시 괴롭힘의 대상이 되었기 때문이다.

'국내에서 작전을 못 하는 것은 괜히 일본인 하나 죽였다가 죄 없는 한인들이 피해를 보기 때문이다.'

안창호는 광화문 앞에서 완전히 바뀌어 버린 거리의 풍경을 보고 있었다.

'동포들이 너무 많이 떠나 버려서인지 우리의 모습이 점점 사라지고 있는 게 이 정도로 크게 느껴지니······.'

기존의 주인이었던 한인들이 재산을 매매하지 않고 말없이 떠나 버리자, 일본인들은 마음대로 건물을 헐어 버리고 새로운 건물들을 올려 한국인지 일본인지 헷갈릴 정도였다.

'광복군에 가서 앞으로의 대책을 마련해야 한다. 이들이 완전히 뿌리를 내리면 정말 우리의 땅을 잃어버리게 될 것

이야.'

안창호는 과거의 광화문을 생각하며 광복군 기지가 있는 북쪽으로 이동하기 시작했다.

"대찬!"
엠마는 대찬을 조르기 시작했다.
"글쎄 다녀와요."
"같이 가요. 네?"
큰 눈이 간절한 눈빛을 보내자 대찬은 흔들렸다.
"알았어요, 가요."
둘은 준비를 하고 호텔로 갔다.

호텔의 연회장은 아주 컸는데, 두 사람이 입장하자 주변 인들의 관심이 몰렸다. 대찬은 일일이 상대하며 친분을 나눴다.

'이래서 오기 싫었던 것인데.'

캘리포니아에서는 이제 유명인에 속하는 대찬은 명성만큼 친하게 지내고 싶어 하는 사람들이 많았다. 하지만 공식적인 파티에 참석하지 않았기에 기회가 없다가 이렇게 공식적인 자리에 나타나자 너무 많은 사람이 대찬을 중심으로 한곳에 몰렸다.

"하하하, 그럼요."

"아, 그렇군요. 몰랐습니다."

"한번 생각해 보겠습니다."

인사는 끝이 없었다. 중간에 간신히 사람들을 떼어 놓고 혼자서 심심해하던 엠마를 챙길 수가 있었다.

"이래서 오기 싫어했던 거구나."

엠마는 이해를 했다는 듯이 고개를 끄덕였다.

"아무래도……."

"우리 춤춰요!"

말을 중간에 자르고 엠마는 대찬의 손을 잡고 홀의 중앙으로 향했다. 자연스럽게 사람들의 시선은 둘을 향했다.

홀의 중앙에서 두 사람이 마주 보고 서자 다른 사람들은 둘만의 공간을 만들기 위해 자리를 비켜 주었다.

"엠마, 나 춤 못 춰요."

당황한 대찬이 귓속말로 엠마에게 호소했다. 이윽고 홀에는 분위기 있는 음악이 깔렸다.

엠마는 미소와 함께 별다른 말 없이 대찬의 손을 잡고 춤을 추기 시작했다. 잔잔한 음악이 두 사람을 감쌌고 엠마는 능숙하게 대찬을 리드했다.

콱!

대찬이 엠마의 발을 밟기를 여러 번, 시간이 흐르고 음악이 끝났다.

아메리칸
드림

짝짝짝.

주변에서는 두 사람의 춤에 응답하는 박수를 쳤다.

"미안해요. 발 많이 아프죠?"

엠마는 괜찮다는 듯이 고개를 흔들었다.

"저쪽에 가서 쉬어요."

"아니요. 여기에 있어요."

잠시 후 모든 소리가 쥐 죽은 듯이 조용해졌다.

"10!"

"9, 8 7……."

"2! 1!"

"Happy new year!"

두 사람의 눈이 마주쳤고 엠마는 대찬에게 다가갔다.

천천히, 천천히.

입술이 입술에 닿았다.

♣

"저번에 보내 주신 후원금은 요긴하게 썼습니다."

토마스는 인사치레부터 하였다.

'뭔가 일이 있는 것 같은데?'

느낌이 묘했다. 평소의 대화에 자주 등장하는 정치자금 후
원에 대해서는 가타부타 말이 없었기 때문이다.

"요긴하게 쓰였다니 다행입니다. 용건이 있으신 거 같은데요?"

"하하, 이거 들켰군요. 좋습니다. 속 시원하게 이야기하지요."

토마스는 찻잔을 들어 목을 축였다.

"유통 사업에 대해서 독점 소송이 들어갈 것 같습니다."

"독점요?"

유통업은 초기에 많은 자금이 필요했는데 곳곳에 터미널을 만들고 정해진 스케줄대로 이동하려면 많은 차량이 필요했다. 결국에 월등한 물류의 이동은 작은 업체들에는 큰 타격이 되었다.

"모든 유통 물량을 조종한다면서 불만이 있는 사람들이 이의를 제기했습니다."

"독점법에 걸리지 않을 텐데요?"

"물론 그렇지요. 하지만 상대방들도 정치인들을 동원해서 압박을 합니다."

"허, 정치인들을 동원해요?"

"그렇습니다. 기존에 유통을 책임지던 업자들이 줄줄이 도산하면서부터 반감을 가진 사람들이 뭉치기 시작했어요. 그러면서 서로의 연줄을 이용해 정치인들을 동원한 상황이 되니 정부도 난감한 것이지요."

"알겠습니다. 좋은 정보 감사합니다."

"별말씀을 다 하시는군요. 서로 돕고 사는 것이 아니겠습니까?"

대화를 마치고 토마스가 떠나자 대찬은 토마스에게 사례금 조로 후원금을 더 책정했고 상황을 돌파할 구멍을 만들기 위해 골똘히 생각에 잠겼다.

'독점이라……. 다른 업체를 지원해서 하나 더 만들든지 아니면 순전히 정치인들에게 기대야 하는데, 후자는 리스크가 너무 크네.'

각기 장단점은 있었다.

전자를 선택할 시에는 독과점에 벗어날 수 있다. 단점은 가격경쟁으로 매출이 감소한다는 것이었다.

후자의 경우 장점은 탄탄대로를 걸을 수 있다는 것이었지만 단점은 그러다 뒤통수라도 맞으면 상당한 피해가 있다는 것이다. 록펠러 가문에서 아무리 배경이 되어 준다지만 정부와 록펠러가 협상할 시에는 손가락만 빨아야 된다.

"새로운 사람을 끌어들여야겠어. 그렇다면 일단 돈에 환장한 사람이 좋을 텐데……."

생각나는 사람이 있었다.

"그를 끌어들여야겠어."

대찬은 존에게 전화를 걸었다.

-잘 지내고 있나?

"네, 잘 지내고 있어요. 소식 들으셨어요?"

―들었지, 이제 어떻게 할 셈인가?

"경쟁 업체를 하나 만들어야 될 것 같아요."

―생각해 둔 사람은 있나?

"모건 가문을 끌어들이죠."

―모건이라…… 내가 유태인 싫어하는 것을 잊지는 않았겠지?

"잊지 않았어요. 대신에 우리도 얻을 것은 얻어야죠."

―금융업을 빼고 얻을 게 있나?

"철강 산업이 있잖아요."

―US스틸 말인가?

US스틸은 1901년에 J. P. 모건 1세의 지원으로 당시 최대의 철강 회사였던 카네기제강회사 등 열 개 사를 통합하여 자본금 14억 달러를 모아 만든 미국 최고의 철강 회사다. 시작부터 전 미국의 65퍼센트의 조강 생산량을 이루어 낸 공룡 기업이었다.

"맞아요. 항공과 자동차 산업에 합이 잘 맞을 것 같아요."

'그리고 곧 전쟁이 나니까 수익금도 짭짤할 것 같고요.'

말할 수 없는 미래에 대해서는 대찬 혼자만 생각하고 현재 사업과 곧 시작할 사업의 연계성을 들어 존을 설득했다.

―사업체를 밀어주고 부족한 수익금은 US스틸의 지분으로 충당한다는 것이지?

"그거예요!"

-그들이 하려고 하겠나?

"유통업의 진가를 느꼈을 거예요. 지금 당장 아무도 유통업에 참여하지 않는 것은 만들어 놓은 시스템에 대한 이해가 없기 때문이지요."

-자네 말대로면 경쟁자는 필연적으로 생긴다는 게로구먼?

"시행착오는 있겠지만 경쟁자는 생긴다고 봐요."

-자금이 필요하겠구먼.

"US스틸의 일정 부분을 인수하려면 어느 정도 필요할 거예요."

-좋아, 해 보세. 내, 자리를 만들어 보겠네.

"알겠어요."

-참, 그리고 정보 카르텔은 조만간 회동을 한번 할 것 같네.

"벌써 다 짜였나요?"

-느린 거지. 이미 정보 교류의 창은 있었으니까 말일세.

"그런가요?"

-확실히 자네는 백인으로 태어났어야 했어.

"네?"

독일어로 이야기한 존의 말을 대찬은 이해할 수 없었다. 하지만 전에도 이런 일이 있었고 좋지 않은 경험을 했다는 것을 떠올릴 수 있었다.

"존, 저 방금 좋지 않은 예감이 들었어요."

-아무것도 아닐세. 그저 내가 해 줄 수 있는 말은, 자네의 능

력을 확실하게 보이라는 거네.

"명심하겠습니다."

―좋아, 그럼 약속을 잡고 연락하겠네.

"네."

전화를 끊고 대찬은 불안감에 휩싸였다.

"알 수 없는 불행이 다가오는 것 같네."

경우를 따져 보니 딱 한 가지 걸리는 것이 있었다.

"피부색……"

대찬은 존이 했던 독일어를 기억하고 적어 놓은 다음 독일어를 할 수 있는 사람을 찾았다.

"백인으로 태어났어야 했다라……"

한국인으로서의 자부심이 넘쳐 났지만 이 시대로 넘어오고 나서는 여러모로 힘들었다. 피부색이 이렇게 걸림돌이 될 줄은 생각하지 못했다.

"지금 내게 필요한 것은 동지를 많이 만드는 일인가?"

배경이 되어 줄 사람들이 필요했다.

그것도 아주 많이.

"무슨 일이 있어도 모건을 아군으로 만들어야겠어."

민주당이 아군에 속했지만 기본적으로 정치인이다. 차라리 자신에게 득이 되면 가까이 두는 기업가가 훨씬 안정적이라 느꼈다.

"아직 내 계획의 절반도 못 이뤘는데 이대로 죽을 수는 없

아메리칸
드림

지!"

　마음을 다독이며 계획한 일에 대해서 다시 한 번 점검하니 창밖으로 해가 떠오르고 있었다.

　하와이에 사람이 몰려들고 있었다. 한인들이 대부분이었는데, 새로운 삶을 꿈꾸고 고국을 떠난 이들이었다.

　가난하여 뱃삯도 없었지만 길재가 미국에 도착하는 사람들을 대신해 지불해 줬기 때문에 태우고 하와이에만 도착하면 돈은 확실히 받았다. 그 때문에 한 명이라도 더 데려오려고 했다.

　그런데 어느 순간부터 감당하기 힘들 정도의 인원들이 넘어오기 시작했다.

　"이제는 바로 샌프란시스코로 보내야겠는데?"

　돈은 문제가 되지 않았다. 대찬이 워낙 많은 돈을 벌었기에 재정적으로는 충분했으나 도착하고 난 다음에 쉴 곳과 정착할 집이 무척 부족했다. 이미 한인들에게 밀려 쫓겨나듯이 떠난 일본인과 중국인의 빈자리를 차지한 것은 한참 전의 일이었다.

　"그럼 바로 샌프란시스코행 배를 수배할까요?"

　"아무래도 그러는 게 좋을 것 같다. 앞으로는 동포들이 넘어오면 샌프란시스코로 보내 거기서 정착할 곳을 찾는 게 좋을 것 같아."

명환은 최근 길재의 일을 돕고 있었다. 이미 성장기가 시작되어 덩치도 성인과 비슷했고 눈치 빠르게 일을 잘하자 하와이의 일은 길재의 주도로 명환이 보조하고 있었다.

"근데 너무 많이 오네요?"

"살기 힘들다는 반증 아니겠느냐?"

"저는 한국이 거의 기억도 나지 않아요."

"언젠가는 돌아가게 될 것이다. 항상 마음에 품고 살아야 한다."

"네."

명환은 하와이 호텔 소속의 해운 회사에 요청해 하와이와 샌프란시스코의 왕복 여객선을 많이 늘려 달라고 부탁했다. 처음에는 난색을 표했으나 길재가 나서서 사정을 설명하자 흔쾌히 수락했다.

명환은 심통이 났다.

"왜 제 요청은 들어주지 않죠? 대찬이가 가서 말했더라면 단박에 승낙했을 텐데요."

"위치가 다르기 때문이란다."

"위치요?"

"대찬이는 내 아들이고 네 친구란다. 그런데 대찬이는 많은 기업을 거느린 총수總帥지."

"총수?"

"그렇단다. 말이 가볍지가 않지."

"그게 무슨 말이에요?"

"지금 네가 말을 하면 누군가는 그 말을 귀담아듣지 않을 거야. 하지만 대찬이가 말을 한다면 누군가가 아닌 여럿이 대찬의 말을 들을 것이고, 곧장 어떠한 형태로든지 반응이 나타나지."

"어려워요. 왜 대찬이 말을 듣죠?"

"그건 아주 간단하다. 대찬이가 미국에서 한인들을 대표하는 인물이 된 때문이란다."

"왜 대찬이가 대표가 됐어요?"

"지금처럼 한인들이 조금이나마 이 땅에서 지위를 가지고 살 수 있게 만든 것이 대찬이이기 때문이지."

"그 전에는 어땠는데요?"

"처참했지……."

길재는 더 이상 말하지 않았다.

"저도 대찬이처럼 되고 싶어요!"

"할 수 있을 거야."

길재는 자신보다 키가 더 커 버린 명환의 머리를 쓰다듬어 주었다.

캘리포니아 주에 달라진 점이 있다면 문화의 주가 한인으로 바뀌었다는 것이다. 이미 백만 명이 넘는 인원들이 캘리포니아로 이주하면서 서양의 설날인 양력 1월 1일보다 음력 1월 1일 설이 더 큰 행사가 되어 버렸다.

처음 한인들의 행사에 어리둥절해하던 미국인들은 나중에 사정을 알게 되자 새해가 두 번 온다고 즐거워하며 한인들의 명절에 적극적으로 동참하기 시작했다. 동참할 수 있었던 이유는 한인 기업이 많아 음력설이 공식적으로 쉬는 날이었기 때문이다.

새한양에서는 특히 압도적인 명절 분위기를 풍겼는데, 환경과 복장까지 전부 다 한국식이었기 때문에 설날이 되면 중요한 관광 요소가 되었다.

곳곳에 볼거리와 먹을거리가 넘쳐 났다. 한 곳에서는 사당패가 공연을 했고 길거리에는 농악이 울렸으며 반원으로 만들어진 공연장에는 판소리가 울려 퍼졌다. 어디를 가나 웃음소리가 멈추지 않았다.

"여기가 조국이었으면 얼마나 좋았을까?"

이은은 공부를 하다 명절을 맞아 캘리포니아로 넘어왔다. 사모궁에서 제사를 해도 되었으나 종친들이 부득불 우기는지라 대찬에게 허락을 구하고 새한양에 있는 궁에 제사를 하러 왔다가 길거리를 보며 많은 생각이 들었다.

이은은 하버드에서 체계적인 교육을 받고 다른 나라들의 역사를 배우며 많은 죄책감에 빠졌다. 한인들이 기뻐하는 모습을 보는 것만으로도 마음이 많이 가벼워졌지만, 역시나 조국이 아닌 걸 상기하니 괴로운 마음을 절대적으로 풀진 못했다.

그러한 이은의 눈에 씨름판이 들어왔다. 두 사람이 샅바를 매고 낑낑대며 서로를 쓰러트리기 위해서 집중하고 있었다. 그러던 중에 덩치가 작은 사람이 상대방 무릎을 탁 치며 거구의 사내를 넘어뜨렸다.

"우와!"

주변에서 환호성이 크게 터졌다. 사내는 한쪽 팔을 들고 승리를 즐겼다.

"다음 도전자?"

씨름의 심판을 맡고 있던 사람이 도전자를 구하기 시작했다. 이에 이은은 손을 번쩍 들었다.

"내가 하겠소!"

윗옷을 벗고 샅바를 단단히 맨 후에 모래 위에 무릎을 꿇는 순간이 왔다.

이은은 경건히 무릎을 꿇었다. 순간 대중이 잠시 고요해질 정도로 정성스럽게 무릎이 모래 위에 닿았다.

평소라면 초대를 했겠지만 다른 때와 달리 이번만은 대찬이 직접 뉴욕까지 가야 했다.

괴롭고 힘든 여정이 될 것이라 예측했으나 이번에는 학교를 가야 하는 한인들이 많아 대찬이 직접 기차의 몇 개의 량을 임대해서 죄다 친숙한 한인들로 채웠기에 편하게 뉴욕까지 갈 수 있었다.

기차 안에서 여러 사람들이 대찬에게 시선을 집중해 신경 쓰여 피곤하기는 했지만 그 시선이 따갑지는 않았다.

그랜드 센트럴 터미널에 도착한 대찬은 이곳에 처음 온 것도 아니었지만 이상하게 설레었다. 미래 영화에서 자주 보았던 장소에 도착하니 자신이 본래 존재했던 미래로 다시 되돌아간 것 같은 기분이 들었다.

"그리워······."

안타까움을 뒤로하고 역을 나가자 흑인이 대찬의 일행에게 말을 건네왔다.

"미스터 강, 맞습니까?"

"네, 맞아요."

전에 본 적 있는 록펠러 가문의 집사 잭슨이었다. 대기하고 있는 차를 타고 호텔로 가자 스위트룸에서 존이 기다리고 있었다.

아메리칸
드림

"어서 오게."

"잘 지내셨어요?"

"요즘 설레어서 잘 지내지 못한다네."

"네?"

"기분이 무척 좋아. 요즘처럼 신이 나는 건 젊을 적 빼고는 처음인 것 같아, 하하."

"무엇 때문에 그렇게 좋아하세요?"

"드디어 유태인을 물먹일 기회가 왔지 않은가?"

존은 무척이나 아이처럼 좋아했다.

"미팅은 언제예요?"

"이번 주에 하기로 했네."

"생각보다 빠르네요?"

"아마 자네를 알고 있으니까 그러지 않나 싶은데?"

과거에 대찬은 유태인 거주 계획을 짜 준 적이 있었다. 지금은 꽤나 잘 만들어진 도시로 후한 평가를 받았다.

"쉽지 않을 게야. 정신 단단히 차려야 할 걸세, 무척 똑똑하고 단호한 사람들이거든."

유태인은 암산의 천재들이다. 암산이 빠른 만큼 그들의 판단은 아주 신속했다. 그들의 상술에는 고유한 법칙이 있었고 '법칙에 벗어나면 돈이 되지 않는다.'라는 격언이 있었다. 이들의 상술은 반만년이 넘는 시간 동안 증명이 되었다.

"큰 욕심은 없어요. 단지 지금 상황에서 벗어나는 것이 첫 번째고 US스틸의 지분 조금만 얻을 수 있으면 돼요."

존은 고개를 끄덕였다.

"좋은 마음가짐이지만 약간의 허세를 넣어야 약삭빠른 그들을 혼란시킬 수 있으니 명심하게."

"알겠어요."

뉴욕

　대찬의 두 번의 뉴욕 방문엔 한 가지 달라진 점이 있었다. 그건 울워스 빌딩이 있음과 없음의 차이였다. 1913년 완성된 빌딩은 높이는 240미터가 넘었고 지붕이 녹색인 것이 참으로 인상적이었다.

　"우와!"

　차를 타고 울워스 빌딩으로 들어가는데 대찬의 입이 한없이 벌어졌다.

　"하하, 나도 처음 보고는 많이 신기해했지."

　울워스 빌딩 같은 초고층 건물이 벌써 생길 것이라고 예상하지 못한 대찬은 감탄성을 멈추지 않았다.

　차가 빌딩 정문에 서고 존과 함께 건물에 입장하자 고딕

양식으로 굉장히 기품 있는 내부 모습에 다시 한 번 감탄했다.

"환영합니다. 저를 따라오시면 됩니다."

안내를 받아 엘리베이터를 타고 최상층으로 올라갔다. 그곳에는 중년 신사가 기다리고 있었다.

"안녕하세요, J. P. 모건 2세입니다."

"반갑습니다, 존 대찬 강입니다."

대찬과의 인사가 끝이 나자 존과 모건은 눈인사를 나눴다.

"자네 아버지 일은 애도를 표하네."

"감사합니다."

간단한 인사가 끝이 나자 회의실로 이동하여 마주 보고 앉았다.

"무슨 일로 저를 만나자고 했습니까?"

"혹시 유통업을 해 보실 생각은 없으세요?"

"지금 여러분이 운영하는 유통업 말입니까?"

"그렇습니다."

"그다지 끌리지 않는군요. 저를 설득할 수 있겠습니까?"

단도직입적으로 말하는 모건을 보며 대찬은 설득하기 쉽지 않겠다는 생각이 들었다.

대찬은 들고 온 가방에서 재무제표를 꺼내 들었다.

탁.

"읽어 보십시오."

대찬은 탁자 위에 자신 있게 서류를 올려놨다. 모건은 흥미로운 표정으로 올려놓은 서류를 집어 읽기 시작했다.

차락.

서류가 한 장 한 장 넘어갈수록 대찬의 입은 바싹 말랐다.

"흥미롭군요."

모건은 재미있다는 표정을 지으며 서류를 천천히 살폈다. 한 장씩 넘어가던 서류는 마침내 마지막 장이 되었다.

"이걸 보여 준 저의가 뭡니까?"

"보셔서 아시겠지만, 유통 회사 재무제표입니다."

"수익성이 굉장하군요. 그런데 이게 어쨌다는 겁니까?"

"참여하실 의향을 물어보기 위해서 왔습니다."

"조건은요?"

"새로운 사업체를 만들고 모든 시스템을 제공하겠습니다. 단!"

"단?"

"US스틸의 일정 지분을 원합니다."

옆에서 지켜만 보고 있던 존은 굉장히 즐거운 표정이었다.

"불가합니다."

"이유는요?"

"분명 매력적이지만 US스틸 지분만큼의 가치가 있다고는 생각하지 않습니다."

"왜 그렇게 생각하시죠?"

모건은 대소했다.

"하하하, 미스터 강이 투자하면 뭐든지 성공하지 않습니까? 그러니 앞으로 US스틸의 주가는 더 뛸 것 같군요."

대찬은 유태인이 자신을 꾸준히 지켜보고 있었다는 사실을 간과했다는 생각을 했다.

"저도 성공하지 못한 사업이 있습니다만?"

"물론 연구소나 곡물 사업이 잘되지 않았다는 것을 잘 알고 있습니다. 그렇지만 미스터 강은 언제나 다른 돌파구를 만들어 내더군요. US스틸의 지분을 원하는 것에는 분명 다른 이유가 있을 거란 생각이 듭니다."

머리를 재빠르게 굴리기 시작했다. 이 자리에서 전쟁이 난다고 소리칠 수는 없기 때문이다.

'세계대전은 절대 말하면 안 되고, 다른 이유가 필요한데……'

대찬은 머릿속으로 철강이 많이 쓰일 수밖에 없는 곳을 찾기 시작했다.

'뭐지? 뭐가 있지? 쇠는 어디든 필요하니까……'

생각은 깊게 판단은 빠르게를 실천하며 대찬은 거침없이 다음 말을 이었다.

"철강이 앞으로 많이 쓰일 것 같아서입니다."

"설명을 부탁해도 될까요?"

"지금 발전하는 모든 물품들의 공통점이 있습니다."

"그게 뭐죠?"

"일정 부분 철이 꼭 들어간다는 거죠."

"자세히."

"우리가 타고 다니는 자동차 그리고 건물을 지을 때에도 들어갑니다. 그리고 절대적으로 필요한 양이 많아져서 앞으로도 꾸준히 소비량이 증가할 거라고 생각합니다."

"그렇다면 더 넘겨줄 수 없겠네요."

모건은 양팔을 들어 어깨를 으쓱했다.

"하지만 더 중요한 것이 있습니다."

"그게 뭔가요?"

"교통의 발전이에요."

"교통? 그게 무슨 상관이 있습니까?"

"물류의 움직임을 우리가 잡고 있으니까요."

모건은 잠시 말이 없어졌다. 촘촘히 만들어 놓은 거미줄 같은 유통망으로 대찬이 의도적으로 US스틸의 상품이 아니라 경쟁 업체의 물건을 팔 수 있는 기회를 제공한다면 충분히 타격을 받을 수도 있는 일이었다.

"그렇다면 우리와 크게 싸워야 할 텐데요?"

대찬이 이빨을 들이밀자 모건도 지지 않고 맞섰다.

"유통업에 참여하시면 모든 것이 원활하게 풀리지 않을까요?"

"지분을 얼마나 원합니까?"

"딱 6퍼센트만 주시면 됩니다. 그리고 15년 후에 시장가로 모건가에 되파는 것으로 하지요. 어떻습니까?"

잠깐 생각을 한 모건은 고개를 끄덕였다.

"좋습니다. 그런데 왜 15년입니까?"

'대공황이 올 거라고는 말 못 합니다.'

"그때쯤이면 US스틸에 경쟁 업체가 한둘쯤은 있지 않을까 싶습니다."

"좋습니다. 그렇게 하지요."

협상이 타결되자 대찬은 옆에 앉아 있는 존의 눈치를 보았다. 존은 가타부타 말없이 빙그레 웃고만 있었다.

변호사를 대동한 채로 시작된 협상이었기에 계약서는 빠르게 마무리되었고 서로 가볍게 악수를 나눈 후에 건물 밖으로 나섰다.

"푸하하하하."

차에 올라타고 출발하자 존은 미친 듯이 웃기 시작했다.

"그렇게 좋아요?"

"암! 그렇고말고!"

한참을 더 웃다가 말이 이어졌다.

"자네는 몰랐을 거야, 유통망으로 협박하자 눈꼬리가 살짝 올라간 것을. 그 친구 당황하면 나오는 습관이거든, 하하하."

"그랬어요?"

"오랜만에 진귀한 구경을 했어. 그런데 왜 지분을 15년만 갖겠다고 한 건가?"

사실대로 이야기할 수 없으니 둘러대기 시작했다.

"그때는 제가 하나 만들어서 운영하고 있을 거예요."

"정말인가?"

"뭐, 마음 바뀌면 안 할 수도 있고요."

"크하하하, 그 친구가 들으면 팔짝 뛰겠구먼."

크게 웃는 존과 함께 호텔에 도착했고 긴장했던 마음을 풀 수 있었다.

"여기까지 왔는데 한번 들러 봐야겠다."

그동안 연락도 없는 테슬라 때문에 답답했던 대찬은 마침 뉴욕에 있으니 만나 봐야겠다는 생각이 들었다. 그는 테슬라의 호텔을 수소문해 찾아갔다.

똑똑똑.

숫자 3을 좋아하는 테슬라의 취향을 고려해서 대찬은 문을 세 번만 두들겼다. 하지만 방 안에서는 응답이 없었다.

"없나?"

기껏 찾아왔지만 사람이 없는 것 같아 머물고 있는 호텔 로비에 가서 테슬라의 행방을 물었다.

"혹시 테슬라 씨 외출하셨나요?"

호텔 로비에 있던 직원은 갑자기 눈을 크게 떴다.

"관계가 어떻게 되십니까?"

"뉴욕에 들른 차에 한번 만나려고 왔습니다."

직원은 서류를 꺼내 뒤적이다 대찬에게 물었다.

"혹시 성함이?"

"존 대찬 강입니다."

이번에는 다른 서류를 꺼내 들었다.

"결제 요청합니다."

"네?"

직원은 작은 종이 한 장을 건네주었다.

보스, 결제 부탁합니다.

-니콜라 테슬라

"헉!"

대찬은 당황했다. 종이의 윗부분에는 대찬의 이름이 정확히 쓰여 있었고 내용은 사장님으로 시작되었다.

"결제 부탁합니다."

다시 한 번 직원이 요청을 했다.

"얼마예요?"

"……입니다."

"그렇게 많아요?"

등으로 땀이 줄줄 흘렀다. 결국 테슬라의 외상값은 대찬이 지불했다.

"괴짜라더니 내가 올 줄은 어떻게 알았지?"

생각할수록 미스터리한 일이었다.

♣

대찬에게는 심각한 고민이 하나 있었다.

'무기 개발을 해야 하나, 말아야 하나?'

가장 큰 고민이었다. 많은 무기를 다뤄 보았기에 무기를 개발하는 것은 문제 될 것이 없었다. 다만 걱정하는 것은 무기를 만듦으로써 미래가 어떻게 바뀔지 예측할 수 없는 것이었다.

'지금 내가 좋은 소총을 만든다면 무기 역사가 그만큼 빨라질 텐데, 과연 한국에 좋은 일일까?'

미국에서 개발했다가 만에 하나라도 일본으로 넘어간다면 그 결과는 상상할 수 없을 정도로 끔찍했다.

'안전한 상황이 확보되고 비밀리에 만들 수 있다면 그때는 괜찮겠지만, 지금 당장은 무리란 생각이 드네.'

무기에 대한 생각이 정리되자 다음에 드는 생각은 미국으로 이주한 한인들이었다. 생각했던 것 이상으로 넘어왔기 때문이다.

'한인들을 안전하고 확실히 지킬 수 있는 방법이 필요해.'

현재 대찬이 보기에 한인들이 미국에 너무 많이 이주를 한 것 같았다.

지금도 계속해서 늘고 있으니 한국 땅에 한인들이 없는 상황이 올 수도 있을 것만 같은 생각이 들었다.

'남의 눈치 볼 필요 없이 살 수 있는 곳이 필요해.'

혼자만 알아볼 수 있게 암호화해서 써 놓은 계획표를 천천히 훑어보자 의문으로 물음표를 그려 놓은 계획이 있었다.

"기회는 온다. 놓치지만 말자!"

스스로 파이팅을 외치며 마음을 다잡았다.

♣

이상설의 주장에 따라 블라디보스토크에 대한광복군정부 大韓光復軍政府를 수립하였다. 이에 이상설은 러시아의 극동총독과 교섭하여 광복군의 군영지를 조차하였고 국내에 정보 조직망을 새롭게 만들었다.

조차한 군영지에 약 5만 명 정도의 군대를 만들 수 있었는데, 뜻있는 젊은이들이 알음알음으로 광복군을 찾아왔다.

러일전쟁 10주년을 맞아 러시아에서는 일본과 전쟁을 다시 하겠다는 개전설이 돌았는데, 광복군에서는 러시아와 일본이 전쟁을 하면 무장력을 갖춘 독립 단체들을 모아 국내 진공을 한다는 계획을 준비했다.

안중근에게서 온 편지를 받은 대찬은 뭔가 잘못된 방향으로 가고 있다고 느꼈다.

"조차를 했다니⋯⋯."

역사를 떠올려 보면 러시아와 일본이 다시 전쟁을 했다는 기억이 전혀 없었다. 세계대전을 앞둔 상황에서 러시아는 유럽에 참전할 것이 당연했기 때문에 극동 전선에서 일본과의 전쟁이 일어날 가능성은 전혀 없었다.

"그럼 결국에 흐지부지 해체의 수순을 밟게 될 건데⋯⋯."

광복군의 해체를 막아야 했다.

"방법이 없네, 다른 데로 옮긴다 해도 기껏해야 만주가 유일한 선택지야. 그것도 해결책이 되지는 않고⋯⋯."

대찬은 일본이 비정상적인 팽창주의로 인해서 끝없이 영토를 확장하려 한다는 것을 알고 있었다.

"광복군 활동을 할 수 있으면서 안전한 장소⋯⋯."

대찬은 한반도 주변의 지도를 펼쳤다.

"흠⋯⋯."

아무리 살펴봐도 사방이 안전하다는 생각이 들지 않았다. 그러다 문득 알래스카가 대찬의 눈에 들어왔다.

"알래스카?"

미국이 러시아에 1867년 720만 달러에 사들인 영토.

"확률은? 반반!"

전쟁이 난다면 러시아는 무조건 참전하게 될 것이니 충분히 가능성이 있다는 생각이 들었다.

'세계대전이 끝나기 전에 해결해야 한다. 러시아에서는 곧 적백내전이 시작될 거니까.'

러시아에서 적백내전이 일어나 적군이 승리하여 공산주의 국가인 소련이 탄생할 것이다.

"그런데 무슨 명분으로?"

미국이 대찬의 생각대로 움직여 줘야지만 가능한 계획이었다.

"잠깐만…… 미국이 일본에 원하는 역할?"

일본과 좋은 관계를 유지하는 이유가 떠올랐다. 미국은 러시아가 태평양으로 나오지 못하게 견제하는 역할을 일본에 맡겼던 것이다.

탁!

대찬은 무릎을 쳤다.

"그렇다면 중요한 것은 러시아가 미국의 협상을 받아들일 것인가인데, 아마 들어주지 않을 거야. 하지만 기회가 없는 것은 아니야."

가장 큰 기회는 적백내전이 시작되었을 때다.

"그럼 광복군이 너무 위태로워."

미국으로 부를 것인가를 생각해 보면 외국 군대를 자국에

두지는 않을 것이 너무나 당연했다. 하물며 국적도 없는 광복군을 미국이 받아 줄 것이라는 생각은 들지 않았다.

계속 궁리를 해 봤지만 딱히 이것이라는 생각이 드는 것이 하나도 없었다.

대찬은 혼자 고민하는 것보다 안중근에게 전쟁을 예고하여 같이 궁리하는 것이 낫다는 생각이 들어 장문의 편지를 쓰기 시작했다.

걱정하는 마음을 담아 보냅니다.

현재 미국에서 얻을 수 있는 정보를 조합해서 보니 유럽에서 군비경쟁을 하기 시작했는데, 곧 전쟁이 날 것이 확실한 것 같습니다.

러시아는 유럽과 아시아에 닿아 있는 아주 큰 나라이기에 유럽에서 전쟁이 날 경우에 후방의 안전을 위해서 위험 요소들을 정리할 것이라는 생각이 아주 강하게 듭니다.

이러한 상황에서 광복군의 정부를 수립하고 군영지까지 조차했다는 소식을 듣게 되자 너무 걱정스럽습니다. ……해서 혼자 생각을 해 보았으나 별다른 대책이 서지 않습니다. 다만 제가 가장 좋다고 생각한 방법은 사할린 북쪽에 숨어 기회를 기다리는 것입니다. 인적도 없어 숨기에는 안성맞춤이라고 생각합니다. 그리고…….

3월 3일 3시 33분 대찬의 집에 손님이 왔다.

"보스, 반갑습니다! 니콜라 테슬라입니다."

대찬은 깜짝 놀랐다.

"아, 네. 반갑습니다. 존 대찬 강입니다."

머리가 하얗게 셌고 갈색 계통의 신사복을 입었으며 입술 위에는 콧수염이 멋들어지게 자리하고 있었다.

"여기 앉으면 됩니까?"

답하기도 전에 테슬라는 손수건을 꺼내 앉을 자리를 꼼꼼히 닦았다. 자리에 앉자 손님이 온 것을 알고 차를 내왔는데 찻잔 역시 닦았다.

차를 한 모금 마신 뒤에야 테슬라는 입을 열었다.

"제 연구실 어디 있습니까?"

"연구실요?"

"아직 준비가 안 되어 있는 것 같네요?"

"연락을 안 주시기에 관심이 없는 줄 알았어요."

"편지 못 받으셨나요?"

"편지요?"

테슬라는 자신의 품을 뒤적거리기 시작했다. 그러고는 한 장의 편지를 꺼냈다.

"여기 있습니다."

아메리칸
드림

편지를 받은 대찬은 황당했다. 받은 편지를 천천히 읽어
본 대찬의 시선이 한 줄에 고정되었다.

제가 여기 묵었던 투숙비 결제를 부탁합니다.

대찬이 테슬라를 찾기 위해 들렀던 호텔의 주소와 결제해
야 되는 금액이 적혀 있었다.

"호텔비는 결제했습니다."

"오! 어떻게 아셨습니까?"

"테슬라 씨를 찾아갔는데 제 이름을 듣더니 직원이 결제해
달라고 하더군요. 도대체 메모를 남길 생각을 어떻게 한 겁
니까?"

대찬은 뉴욕의 호텔에서 로비 직원에게 받았던 황당한 메
모를 찾아 테슬라에게 건네주었다.

"여기 도착하는 시간보다 저를 찾아 뉴욕에 가는 보스가
더 빠를 것 같았습니다."

"네?"

"가장 좋은 숫자로 되어 있는 3월 3일에 보스를 만날 생각
이었으니까요."

대찬은 떨떠름했다. 도대체 무슨 소리를 하는지 하나도 이
해가 안 되었다.

'희대의 천재라고 하던데? 사기당했나?'

갑자기 테슬라에 대한 신뢰성이 급격히 떨어졌다. 다만 기존에 가지고 있던 정보인 3을 좋아한다는 것과 청결에 대한 강박증이 있다는 것을 알고 있었기에 테슬라인 것을 믿을 수 있었다.

"특허의 지분은 무조건 절반입니다."

"좋습니다. 그럼 전폭적인 지원은 약속하십니까?"

"제가 감당할 수 있는 선에서는 최대한 지원해 드리겠습니다."

"계약서 쓰시죠."

자신을 정신 차리지 못하게 만드는 테슬라를 어서 떼 놓을 생각으로 변호사를 급히 불렀다. 변호사가 오기 전까지 테슬라는 이상한 소리를 하며 대찬을 정신없게 만들었다.

"흰색 도자기의 부피를 계산하면……. 청색 도자기는 모양이 이렇게 다르니까……."

응접실에 있는 도자기를 깨끗이 닦아서 한번 만져 보고 내려놓으며 혼잣말을 계속했다.

'엄청난 괴짜네.'

대찬이 괴로움에 지쳐 갈 때쯤 변호사가 도착했다.

곧 서류가 작성되었고 테슬라와 대찬은 서류에 서명할 수 있었다.

"저는 어디서 지내야 합니까?"

"일단 호텔로 가시겠어요?"

"호텔요?"

"원하시는 연구소를 말씀하시면 짓는 시간이 필요하니 그 때까지는 호텔에서 지내시는 게 좋을 것 같아요."

"여기서 지내는 것은 안 될까요?"

"그, 그게……."

테슬라와 한집에서 살 생각을 잠깐 하니 대찬은 눈앞이 캄 캄해졌다.

"아니요! 호텔로 가 주세요."

"호텔에는 도자기가 없을 것 같은데……."

"있습니다!"

"그래도 저렇게 특이한 건……."

"아주 많이 있어요!"

그제야 테슬라의 흥미를 끈 것 같았다.

"호텔이 어디 있습니까?"

당장에 호텔로 가고 싶다는 표정을 지었다.

대기하고 있던 사람이 테슬라를 호텔로 데리고 가자 대찬 은 다리의 힘이 풀렸다.

한편 멕시코에서는 코아우일라 주 출신의 정치가이자 목 장주인 베누스티아노 카란사가 자신의 세력을 '헌법주의자'

라 칭하더니 미국의 비밀 지원을 받으며 우에르타에 대항하는 데 앞장섰다.

미국을 등에 업은 카란사는 우에르타를 대통령으로 인정하지 않고 파벌 간에 선전포고를 촉구한 과달루페 계획을 출판하였다. 이에 비야, 사파타, 카란카, 알바로 오브레곤 같은 지도자들도 우에르타에 반대하여 싸웠다.

미국이 인정하지 않은 대통령인 우에르타는 그래도 정권 유지가 가능했는데, 무기와 자금이 충분했기 때문이었다. 이는 독일이 우에르타에게 끊임없이 지원해 주어서였다.

결국 독일의 무기와 자금 지원을 끊기 위해 미국 대통령 우드로 윌슨은 멕시코 베라크루스 점령을 명령했다.

멕시코와 전쟁이 날 수도 있는 분위기가 형성되자 캘리포니아에 위치한 제1특수보병사단은 국경선 근처에서 잔뜩 긴장한 채로 전쟁을 대비했다.

"독일은 왜 우에르타에게 지원을 하지?"

멕시코의 소식을 들은 대찬의 가장 큰 의문점이었다. 세계대전이 일어났다면 미국의 주의를 돌리기 위해서 지원할 가능성이 충분하겠지만, 아직은 전쟁 전이었다. 독일이 얻을 수 있는 게 무엇인지 생각이 나지 않았다.

"한 가지 확실한 건 어디서든지 전운이 감돌기 시작했다는 거야."

일본과 다시 전쟁하겠다고 나서고 있는 러시아, 멕시코에 무기와 자금을 지원해 주고 있는 독일, 더불어 군비경쟁을 하고 있는 국가들을 보면 언제 터져도 이상하지 않다는 느낌이 들 정도였다.

대찬은 보고 있던 서류를 덮었다.

"정보가 좋긴 좋네."

정보 카르텔의 회동을 가지기 전에 능력 평가를 하는 것인지 서로 조금씩 정보를 제공했다. 하지만 조금이라고 평가하기에는 너무나 세세하게 설명되어 있었기에 크게 만족했다.

"나는 자세하게 설명하지 않았는데 걱정되네."

간단한 기본 정보의 수준으로 아시아의 상황에 대해서 간략하게만 제공했기 때문에 참여를 거부당할 수도 있다는 생각이 들어 불안했다.

며칠 뒤 존에게서 연락이 왔다.

-회동 날짜 잡혔네. 말해 준 날짜까지 뉴욕으로 오게나.

대찬은 다시 한 번 뉴욕으로 향했다.

뉴욕 월도프 아스토리아 호텔.

호텔의 입구에 고급 차량이 멈춰 섰고 대찬이 내렸다.

'요즘 뉴욕에 올 일이 많네?'

모건을 만나기 위해서 방문한 지 얼마 지나지 않아 다시 뉴욕에 오게 되었다. 될 수 있으면 서부를 벗어나지 않으려 했지만 시간이 지날수록 활동 범위가 넓어지고 있었다.

살짝 복장을 매만지고 호텔로 들어가자 건장한 사내 둘이 대찬을 뒤따라 들어갔다.

17층 건물의 가장 꼭대기에는 스위트룸이 있었는데, 최고급 호텔의 명성답게 굉장히 고급스러운 분위기를 풍겼다. 화려하지만 적당히 아늑한 분위기였다.

"왔구먼."

존을 제외한 다섯 명의 사람들은 일제히 시선을 입구로 모았다. 대찬은 호기심 가득한 사람들의 눈빛을 받으며 가까이 다가섰다.

"소개하겠네, 나의 손녀사위인 존 대찬 강이라고 하네."

존의 소개에 사람들은 눈인사를 건넸다.

"반갑습니다. 존 대찬 강입니다."

사람들을 면면히 살폈으나 안면이 있는 사람은 모건이 유일했다.

"앉게."

존의 옆에 마침 빈자리가 있어 거기에 앉을 수 있었다.

"자, 저쪽은 멕시코에서 왔네. 페르난도."

'와, 잭 스패로우야?'

화장을 하지 않았지만 눈이 너무 강렬했고 수염이 미래에서 봤던 영화배우와 똑같은 느낌이었다.

"크리스티안 페르난도입니다."

그는 정중한 목소리로 대찬에게 악수를 청해 왔다.

"반갑습니다."

"모건은 알 테고. 차례로 제임스, 헨리, 뎁스네."

차례로 대찬과 악수를 나눴다.

"여기 있는 사람들이 앞으로 정보 교류의 창이 될 것이네."

입이 무거운 사람들인지 많은 말이 오가지는 않았다. 하지만 준비한 자료를 교환할 때는 얼굴에 궁금하다는 표정이 여실히 드러났다.

페르난도는 남미, 모건은 유태인답게 유럽과 중동 정보를 담당했고 제임스와 헨리는 유럽, 존은 미국 담당이었으며 뎁스는 오세아니아를 담당했다.

미국 정보는 이들에게도 어느 정도 있었지만 존과 모건은 특히 미국에 대한 정보를 많이 알고 있었는데, 주 활동 무대였기 때문에 앞선 정보가 필요했다.

마지막으로 대찬이 가지고 있는 정보 서류를 한 부씩 나누어 주었다.

"아시아."

아시아 정보를 대찬이 맡은 이유는 계속해서 현지 상황이 들어오기 때문이었다. 이는 한인들이 국내에서 버티기 힘들게 되자 이곳저곳 이주하여 분산되었고 한인 상인들이 각지를 돌며 장사를 하면서 여러 가지 소식을 접할 수 있었기 때문이다.

이 정보들이 대찬에게 모이게 되었는데, 정보를 굉장히 중요하게 여겨 값을 치르고 하나둘씩 모으기 시작했던 것이다.

대찬이 제공한 정보를 사람들은 받은 자리에서 바로 보기 시작했다.

"일본이 전쟁을 준비하는 것 같군요. 그런데 싸울 상대가 있습니까?"

뎁스가 질문했다.

"한국을 식민지화했으니 대륙 전쟁의 발판은 마련되었지요. 아마 기회를 틈타서 주변국을 도발하지 않을까 싶습니다."

"신빙성이 있습니까?"

"중국과 일본은 과거에 전쟁을 했습니다."

"중국과 전쟁이 일어날 가능성이 크다?"

"확실합니다."

뎁스는 고개를 끄덕였다.

"오세아니아를 도발할 가능성은요?"

"없지는 않습니다. 하지만 아직까지는 장거리까지 전쟁을 할 여력이 없으니 얼마 동안은 없을 것 같습니다."

"가능성은 충분하다는 이야기군요. 혹시 기미가 보인다면 정보를 제공해 줄 수 있나요?"

"그 전에 물어볼 게 있습니다."

"말씀하세요."

생각했던 계획을 실행할 수 있는지가 궁금했다.

"뉴질랜드가 체텀 제도에 대해서 돈을 지불한다면 양도할 가능성이 있습니까?"

잠시 침묵이 이어진 후에 뎁스가 말했다.

"가능성은 충분합니다. 사람이 거의 살지 않거든요."

"혹시 의중을 물어봐 줄 수 있습니까?"

"좋습니다."

"저는 일본이 오세아니아를 도발할 것 같다고 생각되는 징후가 보이는 즉시 뎁스 씨께 알려 드리겠습니다."

뎁스와의 대화가 일단락되자 이번에는 유럽을 담당하는 제임스와 헨리에게 물었다.

"오세아니아 프랑스령 뉴칼레도니아와 러시아의 극동에 있는 사할린의 양도는 어떻습니까?"

"뉴칼레도니아는 가능할 것 같습니다. 다만 사할린은 장담할 수 없습니다."

"왜 그런가요?"

"알래스카 때문이죠."

"그래도 알아봐 줄 수 있나요?"

"좋습니다. 하지만 긍정적인 답을 듣기는 어려울 것 같습니다."

각자의 궁금증을 해결한 후에는 유럽의 이야기가 대두되었다.

"전쟁이 날 것 같습니다."

"언젠가는 한번 일어날 일이지요."

"그렇지요? 군비경쟁이 너무 심해요."

유럽의 정보에 능통한 이들은 전쟁을 예측하고 있었다.

"하지만 마땅한 계기가 없어요."

"계기보다, 서로 눈치를 보고 있어요. 명분이 생기길 기다리고 서로 견제하면서요."

전쟁이 일어날 것이라 서로 장담하고 회동은 끝이 났다.

다른 사람들은 다 떠났지만 모건과 존 그리고 대찬은 따로 셋이 모여 이야기를 했다.

"자네는 알고 있었지?"

모건은 존의 물음에 고개를 끄덕이며 수긍했다.

"유통망이 필요했겠구면."

"덕분에 많은 도움이 되었습니다."

존은 고개를 돌려 대찬에게 물었다.

"왜 영토를 얻으려고 하나?"

"한인들이 독립적으로 활동할 곳이 필요해요."

"이유는?"

"유럽에서 전쟁이 난다면 러시아가 후방인 아시아에서 분란을 일으키기 싫어할 테니까요."

"자네하고 무슨 상관이 있나?"

"동포들이 만든 군대가 있어요. 그런데 러시아에 있으면 분명 해체되고 말 거예요."

대찬은 두 사람에게 현재 광복군정부의 행보를 간략하게 설명했다.

　"흠…… 상황이 애매하구먼."

　"그렇지요? 그러니 군대를 유지하기 위해서는 독립적인 영지가 필요하게 된 거예요. 국내 진공을 하기 위해서요."

　"그런데 왜 세 곳이나 필요한 것인가? 사할린, 체텀 제도, 뉴칼레도니아까지."

　"사할린은 일본을 공격하기에 용이하고 체텀 제도는 제일 후방에서 한인들이 편하게 지낼 수 있고 뉴칼레도니아는 원 거리에서 공격하기 제일 좋다는 판단이 들어서요."

　사실 대찬은 일본이 제국주의를 표방하여 영토 확장을 할 때 닿지 않는 곳 위주로 선택한 것이다.

　'얼마 뒤면 비행기도 개발될 것이니, 뉴칼레도니아가 딱이지.'

　"그런데 공격을 하면 정부가 가만있지 않을 것이네."

　미국과 일본의 사이는 너무나 좋았다. 일본이 러시아의 태평양 진출을 막아 주는 방패 역할을 하고 있었기 때문이다. 하지만 관계가 계속되지 않는다는 사실을 대찬은 알고 있었다.

　"미국이 일본의 편을 들어 주는 이유는 러시아에 대한 방패가 되어 주기 때문이잖아요?"

　"그렇지."

대찬은 펜을 들고 한반도와 주변 지도를 빠르게 그렸다.

"이게 한국이에요. 그런데 한국의 영토는 여기서부터 여기까지예요."

요동과 만주 그리고 간도, 연해주까지 포함한 한국의 영토를 그려 냈다.

"이곳은 중국이고 여기는 러시아 아닌가?"

"힘이 없어서 다 뺏겼어요."

존은 별말이 없었지만 모건은 공감한다는 듯이 고개를 끄덕였다.

"한국이 영토를 다 되찾고 사할린만 사들일 수 있다면, 정확히 미국이 원하는 러시아의 방패 역할을 한국이 할 수 있어요."

대찬이 그린 지도는 러시아를 감싸서 태평양으로 나올 수 없는 형태로 만들고 있었다.

"우리에게 원하는 것이 있습니까?"

조용히 듣고만 있던 모건이 입을 열었다.

"사할린, 뉴칼레도니아, 체텀 제도를 미국이 소유하고 있는 것으로 만들어 주셔야 해요. 그러다가 한국이 독립하게 된 다음 한국으로 양도해 줘야 하고요."

"뉴칼레도니아와 체텀 제도는 가능할 것 같습니다만……."

"사할린은 안 되겠구먼."

미국이 일본을 방패로 쓰는 이유는 러시아와 접촉을 하지 않기 위해서였다.

"그러네요. 사할린이 문제네요."

대찬은 사할린을 포기할 수는 없었다. 일본 가까이에서 국
내 진공을 할 수 있는 광복군의 근거지가 있어야 하기 때문
이었다.

"방법이 없을까요?"

"딱히 생각나는 방법은 없습니다. 다만…….."

"다만?"

"영국과 프랑스를 움직이면 가능할지도 모르겠습니다."

"가능성이 있을까요?"

"거의 없다고 생각하는 것이 좋을 것 같습니다."

"아니, 어쩌면 가능할지도 모르겠구먼."

존의 입에서 긍정적인 말이 나오자 대찬은 희망을 가졌다.

"방법이 있나요?"

"캐나다를 이용하면 가능할 수도 있을 것 같네."

"캐나다가 응해 줄까요?"

"기본적으로 프랑스와 영국은 북미에 있는 국가들과 떼려
야 뗄 수 없는 관계이니, 자네 계획에 미국이 안 된다면 가능
성이 충분한 제3국을 끌어들여야 맞지 않겠나?"

"맞아요."

"믿을 수 있는 제3의 국가는 캐나다뿐일세. 하지만 많은
것을 쥐여 줘야 할 거야."

"가능성이 있다면 상관없어요."

대찬은 자신이 가지고 있는 재산을 생각했다.

'하나를 사는 데 최소한 1억 달러 이상의 돈이 필요할 텐데…….'

"알겠습니다. 한번 알아보지요."

"나도 알아보겠네."

희망적인 답을 듣고 대찬은 샌프란시스코로 갔다.

캘리포니아에서 가장 큰 도시는 샌프란시스코와 로스앤젤레스다. 과거에 두 도시에는 서양식 목조 주택과 벽돌 주택이 대부분이었지만, 한인들이 자리 잡으면서 도시의 풍경이 변하기 시작했다.

처음에는 도시의 외곽 지역에 한옥이 지어지기 시작하더니 점점 중심으로 특색 있는 건물들이 들어섰다. 사각형으로 딱딱했던 모습들이 점차 곡선의 형태를 갖기 시작했고 한옥의 장점만 취한 설계가 있는 반면 반대로 한옥도 서양 건물의 장점을 따 와 새로운 건축 문화가 만들어지기도 했다.

"프랭크!"

공사가 한창 진행되는 이 건물은 프랭크의 주도하에 일이 이루어지고 있었다.

"네, 찾으셨어요?"

"저기 저 부분 보이지?"

"문제 있어요?"

"잘 봐! 각이 안 맞잖아, 각이!"

프랭크는 억울하다는 표정을 한껏 지었다.

"맞는 거 같은데요?"

"네가 좋아하는 장비 챙겨 가서 확인해 봐!"

나이 많이 먹은 프랭크를 애 다루듯이 하는 모습을 처음 본 사람은 누구든지 이상하게 생각할 것이다. 하지만 김 씨의 도제들은 익숙한 듯 아무도 신경 쓰지 않았다. 프랭크도 익숙하게 장비를 챙겨 들고 김 씨가 지적한 곳을 확인하러 갔다.

이리저리 왔다 갔다 하며 각을 재던 프랭크는 곧 혀를 내둘렀다.

"대충 하는 것 같은데, 도대체 장비도 없이 이런 것은 어떻게 아는 거야?"

프랭크는 항상 의문이었다. 정확한 치수를 재고 정확하게 만드는 것이 자신이 아는 방법이다. 그런데 한인들은 눈대중으로 모든 것을 했다. 감에 익숙하지 않은 프랭크는 항상 이런 상황이 억울했다.

"뭐 해! 당장 일하지 않고!"

김 씨는 프랭크를 독촉했다.

"예, 갑니다, 가요!"

로스앤젤레스에 지어지고 있는 대학교와 도서관은 웅장한 모습을 갖춰 가고 있었다.

♣

대찬은 코앞으로 다가온 전쟁을 대비하기 시작했다. 이미 캘리포니아에 상주하던 사단은 전투태세에 돌입해 항상 긴장하고 있었다.

'내 기억에서는 멕시코와의 전쟁은 이 시기에 크게 나지 않았던 것 같으니 육군은 이대로 소강상태일 것 같다.'

받았던 정보에 의하면 베라크루스만 점령하고 거기서 끝날 가능성이 농후했다.

'세계대전은?'

처음에는 중립을 선언했던 미국이다.

"그래도 물자는 팔아먹어야지."

존과 모건이 함께했던 '3인 회의'에서는 대찬의 목적을 위해서 캐나다를 포섭하자고 했다. 그런데 대찬이 군수물자를 팔기 위해서 캐나다는 필수였다.

"의외였지."

캐나다는 군주국을 유지하고 있었다. 정확히는 대영제국의 일부분이었던 것이다.

"한참 삼국협상을 하고 있으니까……."

프랑스와 영국 그리고 러시아, 이 세 국가는 삼국동맹(독일, 오스트리아-헝가리, 이탈리아)을 견제하기 위해서 서로 긴밀하게 소통하고 있었다.

'캐나다를 통해 영국과 선을 대고 두 국가를 이용해서 러시아와 협상해 사할린, 연해주를 얻어 내야겠네.'

연해주는 예로부터 한인들의 영토였기에 꼭 얻어 내고자 하는 마음이 강했다.

'고구려 유물이 그렇게 많이 발굴되는데 정작 우리나라는 손가락만 빨고 있어야 했지.'

이러한 역사를 바꿀 수 있는 기회를 회귀함으로써 얻을 수 있어 대찬은 무척이나 설레었다.

"더 얻어 낼 수 있다면 더 얻어 낸다!"

열강들의 싸움에 휘둘리고 싶지 않았다.

"대찬, 무슨 생각을 그렇게 골똘히 해요?"

엠마가 생각에 빠져 허우적대는 대찬을 건져 냈다.

"아, 별일 아니에요. 벌써 식사 시간인가요?"

언제부턴가 대찬의 식사는 엠마가 챙기기 시작했다.

"맞아요. 어서 식사하세요."

식당에 도착하자 맛있는 음식 냄새가 코를 찔렀다.

대찬은 평소처럼 먹을 만큼의 양을 접시에 덜어 먹었다. 한참 음식을 먹다 보니 다시 생각이 시작됐다.

'전쟁이 나면 굉장히 많은 것을 소비하게 되겠지? 그중에는 무기와 탄약 그리고 보급 계통에…… 식량…… 식량, 식량?'

자신이 하고 있는 사업과 가장 크게 연계되는 게 식재료였다. 후식부터 시작해서 육가공까지 할 수 있었다.

밥을 허겁지겁 마저 먹고 곧바로 일을 하기 위해 식당을 벗어났다.

대찬은 식사 중에 생각이 났던 전투식량 개발을 지시했다. 아직까지 변변치 않은 음식들이 제공되었는데, 유통기한이 짧고 가공에 어려움이 있어 군인들에게 제대로 된 식사가 제공되지 않았다.

"통조림으로 한 끼 식사를 할 수 있는 전투식량을 개발하세요."

단백질과 탄수화물 등 골고루 분배를 하라고 일렀지만 이러한 말들은 사람들에게 굉장히 생소했다. 결국 대찬은 주로 먹는 음식을 가공하여 오랫동안 유지할 수 있게 만들라고 지시했다.

준명은 길현의 지시에 따라 캐나다에서 혼자 로비 활동을 하기 위해 오타와에 도착했다.

"어디서부터 해야 하지?"

"가장 가까운 곳부터 가지요?"

준명을 보호하고 보조하기 위해 한 명이 따라왔는데, 처음 발을 디딘 캐나다에서 어떤 일이 일어날지 모르기 때문이었다.

"가까운 곳이면⋯⋯."

대찬이 전해 준 소개장을 꺼내 들었다.

"윌리엄 P. 햄록."

준명은 햄록을 만나기 위해 걷기 시작했다.

오타와는 캘리포니아와 다른 느낌이었는데, 건물들이 굉장히 고풍스럽게 지어진 것이 느껴졌다.

길을 물어 집을 찾았지만 시간은 한참이 지나 어두컴컴해지기 시작했기 때문에 발길을 돌릴 수밖에 없었다.

다음 날, 이동의 불편함을 느꼈기 때문에 호텔에서 차량 하나를 빌려 탔다.

대저택 앞에 차가 멈춰 섰고 곧 준명이 내렸다.

똑똑똑.

문에 달린 문고리를 잡고 소리를 냈다.

딸칵.

검은색 신사복에 머리가 하얗게 센 중년인이 문을 열고 나왔다.

"누구십니까?"

"미국에서 왔습니다. 여기 소개장입니다."

정중히 소개장을 건네주었다.

"여기서 잠시만 기다려 주십시오."

문 안쪽 입구에 몇 개의 의자가 나란히 있었다. 거기서 잠시 앉아 대기하자 중년인이 다시 와 안내를 했다.

굉장히 큰 저택을 조금 깊숙이 들어가자 다른 문보다 큰 방문이 있었고 문을 열자 안에는 노신사가 소파에 차분히 앉아 있었다.

"먼 길 오셨습니다. 윌리엄 햄록입니다."

"반갑습니다. 준명 리입니다."

악수할 것이라고 예상했지만 악수가 없자 당황한 준명은 살짝 고개를 숙여 인사를 했다.

"인사법이 특이하군요."

"아, 고국의 예절입니다."

"그렇군요. 소개장을 읽어 보았습니다. 도움이 필요하시다고요?"

"그렇습니다. 앞으로 하는 일에 있어서 저희에게 도움을 주셨으면 해서 먼저 찾아오게 되었습니다."

"그렇군요. 무슨 일인지는 모르겠지만 쉽지 않은 부탁일 것 같습니다만?"

"귀측에는 전혀 손해가 없음을 약속드립니다."

아메리칸
드림

"뭔가요. 일단 들어 보죠."

"우리 민족은……."

준명은 햄록에게 한인들의 이야기를 해 주고 원하는 바를 설명했다.

"그러니까 러시아로부터 사할린을 캐나다의 이름으로 양도받아 달라는 것이지요?"

"요지는 그렇습니다."

"우리에게 이득이 되는 것이 있습니까?"

"섭섭하지 않은 보상을 해 드릴 것입니다."

"조건은요?"

준명은 햄록이 흥미를 보이고 있다는 걸 느꼈다.

"미국이 알래스카를 양도받을 때의 금액을 알고 있습니까?"

"잘 알고 있습니다. 720만 달러였죠, 아마?"

"그렇다면 사할린과 연해주의 가치는 어느 정도나 될 것 같습니까? 참고로 러시아가 찾는 부동항은 그곳에 없지요."

"솔직히 러시아에서는 없어도 그만인 땅이니, 비싸지는 않을 것 같군요."

"하지만 알래스카에서 금이 발견되면서 상황이 달라졌죠."

햄록은 이번 일과 무슨 상관이 있느냐는 듯이 무심하게 준명을 바라봤다.

"그래서 관계가 있는 것이지요. 햄록 씨라면 과연 얼마에 파시겠습니까?"

"나라면 팔지 않습니다. 그렇지만 만약에 팔아야 한다면 사할린은 6천만, 연해주는 1억 달러 정도 받으려 할 것 같습니다."

준명은 이 말이 듣고 싶었다.

'무조건 1억 달러 이상이어도 사야만 한다고 했는데, 이 사람 말을 들어 보면 더 싸게 살 수도 있을 것 같다!'

준명은 대찬이 제시한 1억 달러보다 싸게 구할 수 있을 것 같다는 생각이 들자 햄록에게 제안을 했다.

"사할린은 5천만 달러 이하로 사시면 나머지 금액을 전부 햄록 씨에게 지급해 드리겠습니다."

햄록의 얼굴에서 웃음기가 사라졌다.

"준명 씨의 생각입니까? 아니면 보스인 존 D. 강의 생각입니까?"

"……."

준명은 입을 꾹 다물었다.

'아차…….'

호기롭게 햄록을 이용해 볼 생각을 했던 준명은 크게 당황했다.

"뭐, 좋습니다. 대충 무슨 뜻인지 알겠습니다. 하지만 다음에는 존을 만나고 싶군요."

명백한 축객령이었다.

"……실례했습니다."

"준명, 존에게 상의해 본 후에 연락하겠다고 전해 주세요."

저택을 나오면서 준명은 길현이 해 준 말이 생각났다.

―절대로 시킨 일 외에는 마음대로 행동하면 안 돼!

길현이 준명에게 지시했던 것은 가격 협상이 아니고 넌지시 운만 띄우고 오는 것이었다. 자세한 것은 대찬과 길현이 본격적으로 나선 다음 결정하려 했기 때문이다.

"어쩌지?"

준명은 큰 잘못을 했다는 것을 느끼고 다른 사람을 만나 볼 것도 없이 바로 샌프란시스코로 가기 위해 서둘렀다.

독일이 우에르타 대통령에게 무기를 지원하기 위해 상선 이피랑가호를 베라크루스로 파견했다는 보고에 자극받은 윌슨은 그 항구를 점령하도록 명령했다.

멕시코의 저항군은 미국 해병대의 침공을 저지하는 데 실패했고 약 2백 명의 사상자가 생겼다. 우에르타와 그의 정적인 베누스티아노 카란사 모두 그 점령을 비난했다.

미군의 항구 점령으로 우에르타는 필요한 군수품의 공급을 차단당했다. 반면 미국은 반대파에는 무기 공급을 허용했다. 하지만 이 사건을 계기로 미국이 후원해 주던 카란사 역시 미국에 호의적이던 태도를 바꿔 버렸고 멕시코의 주요 인물들도 미국을 비난했기에 외교 관계가 차갑게 변해 버렸다.

큰 위험을 무릅쓰고 항구를 점령해 독일의 지원을 차단하려 했지만 이피랑가호에 실었던 무기는 우에르타의 수중에 들어갔다.

베라크루스 점령 이후 멕시코와 전쟁이 날 것 같은 분위기를 만들었지만, 멕시코 내부 상황이 안정적이지 못해 미국과 전쟁을 하려 하진 않았다.

◆

"뭐라고!"
대찬은 준명이 전해 준 소식에 눈앞이 컴컴해졌다.
'시간이 두 달 남짓 남았는데 큰일 났다.'
뉴칼레도니아와 체텀 제도는 나중에 얻어도 되거나 사할린과 연해주를 얻는다면 굳이 무리할 필요가 없는 곳이었다. 하지만 두 곳은 꼭 얻어야만 했다.
대찬이 원한 것은 그곳을 매입할 의사가 있는데 팔 생각이 있는지를 확인하는 작업이었다.

"잘못했어……."

당장이라도 울 것 같은 표정을 지은 준명을 계속 나무랄 수는 없었다. 대찬은 당장 존에게 전화를 걸었다.

−소식 들었네.

"벌써 소문이 돌아요?"

−캐나다에서는 자네가 지급할 자금을 보유하고 있는지를 묻고 다니더군.

"네?"

뜻밖에 좋은 소식이었다.

−러시아의 소식은 모르겠지만 한 가지 확실한 것은, 자네 측이 제시한 제안에 캐나다에서 긍정적인 반응을 보였다는 걸세.

"가능성이 있다는 말이죠?"

−캐나다는 대영제국의 일원이야. 캐나다의 자원은 곧 영국의 자원이라는 이야기지. 군비경쟁 때문에 영국이 자금이 필요한 시점에서 재정 충당을 할 수 있는 기회가 왔으니 놓치지는 않으려 하겠지.

"그럼 캐나다에서는 당연히 영국에 말을 전달할 것이고 모든 결정은 영국에서 한다는 말이죠?"

−그렇지. 그런데 얼마를 제안한 것인가?

"사할린은 5천만 달러에, 그보다 싸게 사면 나머지 금액을 지불하겠다고 제안을 했어요."

-음…… 쓸모없는 땅을 꽤나 비싸게 사려고 했구먼.

"저한테는 그게 중요한 게 아니에요."

캐나다를 통해 영국에 선을 대겠다는 계획은 발 빠른 캐나다의 행동으로 대찬이 원하는 방향으로 가고 있는 것 같았다.

-알겠네. 이 이야기는 그만하고, 그 전투식량이라는 건 정말 못 먹을 음식이더구먼.

"먹어 보셨어요?"

-자네가 개발을 하라고 했다기에 한번 구해서 먹어 봤지.

"개발 중이에요. 그렇지 않아도 맛 때문에 고민이 많아요."

전투식량 개발을 지시했더니 이상한 음식을 만들어 통에 밀봉해 왔다. 대찬은 열어 보고 깜짝 놀랐다. 거무튀튀한 것들의 향연이었다.

-하하하. 그래도 색다른 경험이었네. 자네가 실패도 하고 말이야.

존의 놀림에 대찬은 순간 욱했다.

"제가 다음에 다시 한 번 보내 드릴게요!"

-못 먹는 음식은 사양하겠네.

"끄응."

-그럼 다음에 보도록 하세. 이만 끊겠네.

존의 놀림에 무거운 마음이 살짝 환기되는 느낌이었다.

아메리칸
드림

"준명아!"

기분 좋은 소식을 전해 주기 위해서 대찬은 준명을 찾았다.

"으, 응?"

한껏 의기소침해 있는 준명은 말까지 더듬었다.

"걱정하지 마! 일이 잘되고 있어."

"저, 정말?"

"응, 그래도 앞으로는 정말 조심해야 해."

기분이 나아진 준명은 고개를 강하게 끄덕였다.

"앞으로 언행에 있어서 조심할게."

준명을 토닥인 후에 쉬라고 보냈다.

대찬은 곧 상황에 급격한 진전이 있을 거라고 느껴 보유 자금을 확인하기 시작했다.

대찬의 사업체들은 수익이 있는 곳과 적자만 존재하는 곳으로 나뉘어 있었다.

유통, 호텔, 해운, 건설, 돼지 농장, 소 농장, 양계장, 치킨 사업, 탄산음료, 곡물 사업, 홈쇼핑, 신문사, 카페, 항공 산업, 테슬라 연구소, 군수 사업, 제지 사업, 창업 투자회사 등의 많은 사업체가 있었다.

"와! 너무 많은데?"

쭉 나열해 보니 대찬은 뿌듯했다.

"철영이 형 힘들겠네."

중요한 사업 몇 가지를 제외하고는 대부분 철영에게 일을 맡겼기에 대찬은 자신이 하고 싶은 일에 집중할 수 있었다. 그만큼 철영의 능력은 대단했다. 단 한 번도 좋지 않은 일에 대해서 보고한 적이 없었다.

"다음에는 특허."

대찬이 소유하고 있는 특허는 몇백 가지가 넘어갔다. 특히 대찬이 인정받기 위해서 상류층에 사업들을 몰아줬을 때 등록해 놓은 특허들이 상당히 많았다.

"세기도 힘들어."

너무 많은 특허들은 일일이 체크하기도 힘들 정도였다.

이 모든 것을 두고 수익과 지출을 계산했을 때 가장 많이 벌어들이는 것은 의외로 식자재였다. 특히 양계장-치킨 사업, 곡물 농장-치킨 사업, 탄산음료-치킨 사업으로 연결되는 이 라인들은 가히 독보적이었다.

"미국인들에게 치킨 중독이 시작되었나?"

사업을 시작했을 때 가장 큰 수익이 되었던 것은 하와이에 있는 호텔이었다. 카지노가 있어 한 달에 30만 달러 가까이 들어오던 것이 지금은 확장하여 호텔 여기저기 체인점이 생겨 월 백만 달러 정도의 수익금이 대찬에게 지급되었다.

그런데 치킨 사업이 호텔 사업의 수익 금액을 넘어서 버렸다. 선풍적인 인기를 끌기 시작한 것이 지금도 인기가 식을 줄 모르고 계속돼서 판매량이 늘고 있었다. 치킨과 연계된

다른 사업들도 치킨이 판매될 때마다 같이 판매되는 것이라 덩달아 매출이 급격히 늘었다.

하지만 이 모든 것을 더해도 단 하나의 사업체를 따라갈 수 없었는데 그건 유통 사업이었다.

미래의 택배처럼 생각하면 오산이다. 미국 전역에 이동이 필요한 물건은 죄다 의뢰가 들어왔다. 현재는 모건에게 지원해서 똑같은 시스템의 경쟁 업체가 생겼지만, 그렇다고 해서 기존에 쌓아 놓은 명성이 무너진 것은 아니었다.

'전쟁이 나면 군수 사업을 따라갈 곳이 없을 거야.'

항공 사업체는 장족의 발전을 이루고 있었고 군수 사업은 전쟁이 일어나기만 기다리고 있다. 이미 대찬이 비축해 놓은 물품들이 많았기에 많은 돈을 벌 수 있을 것이라고 확신했다.

이번에는 지출 내역을 확인하자 눈살이 찌푸려졌다.

-테슬라 연구소 101만 달러 적자.
-테슬라 연구소 37만 달러 적자.
-테슬라 연구소 72만 달러 적자.

"어휴."

한숨이 절로 나왔다.

"뭘 만들려는 걸까?"

너무 궁금했다. 그 외에 적자를 보는 곳은 항공 산업과 록 펠러 연구소였는데, 록펠러 연구소에 지시했던 성능 좋은 배 터리와 냉매는 아직까지도 감감무소식이었다.

　　사업체들의 이익을 계산하자 한 달에 약 6백에서 8백만 사 이의 순이익이 발생했다. 이는 동업자들과 나누고 대찬 혼자 벌어들이는 수익금이었다. 여기에 광복군 지원금과 세금을 떼고 로비에 들어가는 돈을 빼면 절반 정도로 줄어들었다.

　　"그래도 다행이야."

　　살짝 무리를 한다면 연해주까지 매입하는 것은 가능한 자 금을 보유하고 있었다.

　　"연해주를 차지하면……."

　　선의 힘.

　　힘 있는 국가만이 많은 영토를 차지할 수 있는 시대다. 대 찬은 남의 힘을 빌려서라도 광복 후에 한국의 넓은 영토를 만들고 싶었다. 그리고 그것이 가능한 시대였다.

　　명환은 혼담이 오가고 있었다. 아직까지 결혼할 생각이 없 었기에 어떻게 할지를 고민하다가 준명이 생각났다.

　　"본토로 도망쳤지."

　　준명은 떠나기 전에 들렀었다. 굉장히 다급한 얼굴로 본토로 가겠다고 말했다.

갑자기 이런 생각을 하는 것은 명환도 도망을 쳐야 하나 고민하기 때문이었다.

조혼을 하는 이유는 가부장제 가족제도의 확립에 따르는 중매혼이 발달하였고 가능한 빨리 후손을 얻어 가계 계승을 안정시키려는 가족제도적 이유가 있었다. 가뜩이나 한인들은 수명이 짧다는 인식이 팽배했기 때문에 서두르는 경향이 있었는데, 보통 16세 전후로 혼인을 했다.

하지만 하와이에서 서양식 교육을 어느 정도 받은 명환은 지금 당장 혼인은 이르다는 생각이 들었다.

"도망쳐야겠다."

결심을 하게 되자 명환은 배편을 알아보기 시작했다.

거사일에 명환은 망설임 없이 호놀룰루에서 샌프란시스코로 향하는 여객선을 탔다. 떠나기 전 부모님이 걱정하지 않게 편지를 써 놓고 나오는 것도 잊지 않았다.

뱃고동 소리가 들리고 여객선은 섬을 떠나기 시작했다.

"흑흑."

멍하니 육지를 쳐다보던 명환의 귀에 여성의 울음소리가 들렸다. 떠나는 마음이 편치 않았던 명환은 울음소리에 마음이 찡했다.

"울지 마요."

명환은 신사복 주머니에 들어 있던 손수건을 꺼내 울고 있는 여성에게 건넸다.

"감사합니다."

손수건을 쥐고 울던 여성은 곧 울음을 그쳤다.

"실례했습니다."

"아니에요. 괜찮아요."

두 눈이 퉁퉁 부어 우스꽝스러웠지만 정면으로 마주 본 얼굴이 명환의 눈에 쏙 들어오는 것이 아주 예뻐 보였다.

"손수건은……."

"아, 저는 또 있으니 걱정 말고 쓰세요."

"감사합니다."

"나는 고명환이라고 합니다."

"주순영입니다."

갑판 위, 두 남녀의 미소는 아름다웠다.

"엄마!"

순이는 헐레벌떡 소리 지르며 엄마를 찾았다.

"왜?"

"이거!"

이미 한번 펼쳐 본 듯 글이 잘 보이게 펴져 있는 편지를 받아 읽기 시작했다.

"어머나! 이를 어째!"

"엄마, 그럼 오빠는 결혼 못 해?"

아메리칸
드림

"그게 중요한 게 아니야!"

"그럼 뭐가 중요해?"

화가 난 엄마는 순이를 쥐어박았다.

"이놈의 가시나!"

"히잉."

"아이고, 사돈집에 뭐라고 설명해야 하지?"

가출한 것보다 상대방에게 어떻게 설명해야 할지가 더 걱정이 되었다. 그러던 중에 밖에서 사람의 목소리가 들렸다.

"계세요?"

"아이고, 오셨어요?"

마중을 나가 보니 혼인을 주도한 중매쟁이였다.

"찾아온 이유는 다름이 아니라…… 혼인할 신부가 도망을 갔다네요."

"네?"

"죄송하게 됐습니다."

"그런 일이 있었군요."

속으로 쾌재를 불렀다. 아쉬운 소리 하지 않아도 되었기 때문이다.

"알겠습니다. 그럼 없던 일로 하지요."

"이해해 주시니 감사합니다. 혼처는 다른 곳으로 알아봐 드릴까요?"

"아니에요. 본인이 공부를 더 하고 싶다니까 나중에 부탁해요."

"알겠습니다."

중매쟁이는 명부를 꺼내 명환의 이름 뒤에 '몇 년 뒤'라고 썼다. 그리고 다른 명부에서 신부의 이름을 찾기 시작했다.

"주순영……."

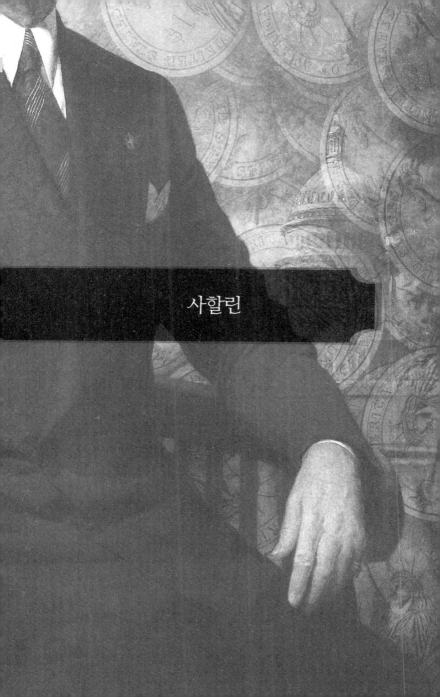

사할린

캐나다에서 연락이 오자 대찬은 부랴부랴 오타와에 갔다.

"반갑습니다. 윌리엄 햄록입니다."

"존 강입니다."

"사할린을 원하신다고요?"

"그렇습니다."

대찬은 긴장했다. 여기서 나오는 말들로 인해서 광복군의 운명이 결정되기 때문이었다. 부정적인 말이 나오는 순간 광복군의 해체 수순은 당연한 일이었다. 주둔할 곳이 없기 때문이다.

"일단 우리 캐나다는 긍정적으로 생각합니다."

캐나다 입장에서는 손해 볼 것이 전혀 없었다. 일이 잘못

되더라도 그저 사할린의 구매 입장에서만 손을 떼면 되기 때문이었다.

반대로 일이 잘 진행된다면 한동안이겠지만 영토도 늘고 금전적인 보상도 주어지니 일석이조의 효과가 있다.

"그렇습니까? 그럼 일은 언제 진행이 될까요?"

"지금 영국에서 이야기 중이니 회신이 오면 알 수 있을 것입니다."

대찬이 생각했을 때 캐나다라는 나라는 조금 이상했다. 미국처럼 독립해서 대국이 될 수 있는 기회가 있는데도 불구하고 굳이 영국에 속해서 벗어나려 하지 않았다.

'영국이 참 대단한 나라긴 하네.'

문득 드는 생각은 새삼스레 영국이 대단해 보인다는 것이었다. 잉글랜드, 웨일스, 스코틀랜드를 합하면 한반도의 크기와 비슷했다.

'하지만 지금 상황은 정반대지.'

애석한 일이었다. 한쪽은 영국이라는 이름으로 세계 최강국에 우뚝 서 있었고 한국이라는 이름은 아예 지워져 존재하지도 않았다.

잠시 상념에 빠져 있는 대찬에게 햄록은 말을 이었다.

"그런데 제안은 아직 유효합니까?"

"그렇습니다."

"5천만 달러…… 꽤나 성공하셨습니다."

캐나다는 인종차별이 더 심했다. 오타와에 들어와서는 백인 외에는 다른 인종을 단 한 명도 보지 못했다. 그래서인지 햄록의 말에 가시가 있는 것 같았다.

"운이 좋았습니다."

"뭐, 좋습니다. 일단 호텔에 가서 쉬시고 회신 오는 즉시 다음 이야기를 하도록 하죠."

저택을 나오면서 대찬은 많은 생각을 했다.

'아무래도 캐나다를 전적으로 신뢰하기에는 위험부담이 너무 크다.'

느낌이 좋지 않았다.

'약속을 이행할 확실한 족쇄를 채워야겠어.'

호텔에 도착하자 대찬은 전화기를 들었다. 교환을 거쳐 전화가 연결이 됐다.

─말하게.

"제가 느낌이 이상해서 그러는데요, 미국 정부가 참여해야 할 것 같아요. 어떻게 생각하세요?"

─흠…… 알 수 없네.

"혹시 정부의 의중을 대신 물어봐 주실 수 있나요?"

─이번에는 내가 참여하면 모양새가 좋지 않네. 자네가 직접 해결해야 할 것 같아.

전쟁이 날 것 같은 상황이라 적국으로 분류가 되는 독일 출신인 존은 나서기를 꺼렸다. 오해 살 수 있는 행동을 스스로 자제하는 것이다.

　－대신 모건에게 전화해 보게. 도와줄 수 없어 미안하네.

　"아니에요. 무리한 부탁을 했네요."

　－정말 미안하네.

　전화를 끊고 대찬은 실망했다.

　'씁쓸하다.'

　외로움이 느껴졌다.

　'작은 고무보트를 혼자 타고 태평양을 건너는 느낌이야.'

　최상류층의 존 록펠러를 만나고 좋은 인연이 이어지면서 든든한 우군을 얻은 느낌이었지만, 중요한 순간에는 도움이 되지 않았다.

　그렇다고 존과 같은 사람이 많이 있는 것도 아니었다.

　대찬에게 존은 굉장히 특별한 사람이었다.

　'유일하게 먼저 다가온 사람.'

　먼저 다가온 건 유태인들이었지만 인간적인 교류로써 먼저 접촉한 것은 존이 유일했다.

　"어휴."

　한숨을 쉬고 수화기를 다시 들었다.

　－교환입니다.

　"뉴욕 부탁합니다."

　교환을 타고 뉴욕의 모건에게 연락을 했지만 모건은 전화도 받지 않았다.

수화기를 내려놓고 대찬은 침대로 향했다.

털썩.

몸을 내던지며 침대에 눕고 팔을 들어 눈을 가렸다.

고요한 방.

아주 미세한 떨림만 느껴졌다.

다음 날, 기운을 차린 대찬은 길이 없다고 대책 없이 있을
수는 없었기에 캘리포니아의 토마스에게 전화를 연결했다.

ー토마스입니다.

"안녕하세요. 존입니다."

ー존, 캐나다에 갔다고 들었습니다.

"맞아요."

ー먼 곳에서 연락 주셨군요. 도와 드릴 일이 있습니까?

"제가 여기서 하는 일이 있는데, 정부의 도움이 필요합니
다. 혹시 워싱턴에 있는 분들을 연결해 줄 수 있나요?"

ー물론이죠.

"감사합니다."

ー서로 돕고 살아야지요.

토마스와의 전화를 끊고 한참을 기다리자 전화가 왔다.

ー여보세요?

"네, 존 강입니다."

ー워싱턴에 있는 제임스라고 합니다.

"전화 주셔서 감사합니다."

—아닙니다. 부탁하실 일이 있다고요?

"네, 그러니까……."

대찬은 캐나다와 협상하는 일에 대해서 설명했다.

"……해서 정부에서 증인 역할을 해 주었으면 합니다."

—존, 한 가지 질문이 있는데, 왜 처음부터 정부에 먼저 이야기하지 않은 것입니까?

"제가 한인이라서 일본을 통해 러시아를 견제하는 정부가 제 부탁을 들어줄 거라 생각하지 않았습니다."

—물론 상황이 그렇게 돌아가기는 합니다만, 존은 미국 시민권을 갖고 있지요?

"맞습니다."

—정부는 통제되지 않는 상황을 더 좋지 않게 생각합니다. 반대를 하더라도 먼저 정부와 상의를 해 주었으면 좋았겠다는 생각이 드는군요. 그렇다면 같이 다른 방법을 생각할 수도 있지 않겠습니까? 현재 존은 미국인이니까요.

"제가 생각이 짧았던 것 같습니다."

대찬은 다른 말을 할 수 없었다. 너무 부드럽게 나오는 제임스는 사리에 맞는 말만 했다.

—일단 원하는 것은 캐나다가 약속을 이행할 수 있게 미 정부에서 증인이 되어 달라는 것인데, 가능할 것 같습니다. 다만 이 일은 공개하지 않고 일급 기밀로 설정될 것입니다. 동의하

시죠?

"동의합니다."

－정부에서 곧 사람을 파견할 것입니다. 이렇게 도와 드리는 것은 민주당의 호의로, 한 번은 실수라고 생각해서 넘어가는 것입니다. 그러니 앞으로는 꼭 정부와 먼저 상의하길 바랍니다.

"감사합니다."

－그럼, 이만.

대찬은 어안이 벙벙했다. 생각보다 정부와 잘 해결되었다. 대찬이 이제까지 했던 로비와 정치자금 지원이 밝게 빛나는 상황이었다.

정부 인사가 오타와로 왔다.

"반갑습니다. 에릭이라고 합니다."

"존 D. 강입니다."

"그럼 먼저 자세한 설명 부탁드립니다."

대찬은 자신이 이제까지 캐나다 인물들과 협상했던 내용에 대해서 에릭에게 설명해 주었다.

"그러니까 한국의 광복 이후 한국으로 소유권을 넘겨 달라는 말이지요?"

"맞아요."

"그렇다면 그 전까지는 어떠한 식으로 소유를 하시려고 합니까?"

"러시아가 사할린을 캐나다에 팔겠다고 하면 제가 그 금액을 지불하고 양도받은 모든 대지의 소유권을 갖는 것으로 하려고 해요."

"그럼 정말 만약입니다만, 캐나다가 한국이 광복한 후에 양도해 주지 않으면 어떻게 하실 생각입니까?"

'캐나다가 광복 이후에 양도하지 않는다?'

그것도 생각을 했었다.

결론은, 대찬이 지금 가지고 있는 재산도 많은데 그때는 더 많을 것이고 군대도 있을 것이다. 캐나다에서 독립을 시켜도 문제가 없을 것이라는 판단이 섰고 미국을 이 일에 참가시킴으로써 안전장치도 만들었다.

"설마 그럴 리가 있을까요?"

대찬은 속마음은 이야기하지 않고 빙그레 미소 지으며 말했다.

"뭐, 좋습니다. 원하는 바를 알았으니 캐나다 쪽에서 연락이 오면 그때 다시 만나기로 하죠."

에릭은 벽면에 걸어 둔 모자를 쓰고 대찬의 호텔 방 밖으로 나갔다.

광복군임시정부.

대찬의 편지를 읽어 본 안중근은 깜짝 놀라 간부들을 소집했다.

"무슨 일입니까?"

이상설은 긴급을 요하는 회의를 늦은 시간에 열자 깜짝 놀라 회의실에 들어오자마자 큰 소리로 물었다.

"진정하세요. 다 모이면 그때 이야기하지요."

근래 들어 긴급이라는 단어가 붙은 회의는 없었기에 이상설은 큰일을 직감하며 안절부절못했다.

시간이 조금 지나자 회의실로 사람들이 입장하기 시작했는데 김좌진, 홍범도, 박용만, 안창호 등 많은 사람들이 모였다.

어느 정도 사람이 모이자 안중근은 입을 열었다.

"좋지 않은 소식이 있습니다."

"큰일입니까?"

"큰일이지요. 유럽에서 전쟁이 날 것 같답니다."

"유럽의 전쟁이 우리와 무슨 상관이 있습니까?"

"러시아도 참전하기 때문이지요. 러시아가 유럽 전쟁에 참전하면 지금 이야기가 나오는 러일 전쟁은 없습니다."

좌중이 시끄러워졌다. 서로 미래를 예측하며 의견을 교환했다.

"아직 이야기가 끝나지 않았습니다."

안중근은 시끄럽던 회의실이 조용해지자 이어서 말을 했다.

"유럽 전쟁의 여파로 러시아가 후방인 이곳을 안전하게 만들 것이라는 게 중요합니다."

"그럼?"

"아마도 일본과 화평을 하겠지요."

"허……."

허탈한 숨소리가 여기저기서 터져 나왔다.

"그렇게 되면 러시아는 일본을 자극하지 않기 위해 우리의 존재를 지우려 할 것입니다."

사람들은 말을 잃었다. 러시아를 등에 업고 일본과 전쟁을 한다는 마음에 다들 국내 진공만 손꼽아 기다리고 있었기 때문이다.

"자, 여기까지가 금산이 저에게 전해 준 편지의 내용인데, 미국에서 얻은 정보와 생각입니다."

안중근은 편지를 머리 높이 들어 사람들에게 보여 주었다.

"금산이라면 미국에 있는?"

"맞습니다."

"허, 그럼 정보는 확실하다는 이야기군요. 이제 어떻게 해야 합니까?"

"금산이 해결책으로 제시하기를, 사할린의 북쪽으로 이동하여 숨으라고 하더군요."

다시 한 번 회의실은 시끄러워졌다.

"광복군만 단독으로 국내 진공을 하는 것은 어떻습니까?"

호전적인 성격의 박용만이 말했다.

아메리칸
드림

"물론 그것도 하나의 방법입니다. 그런데 우리의 뒤를 봐 줄 사람들이 없다면, 진공에 성공하더라도 유지하기는 힘들 것입니다."

앞으로의 방향을 토론하고 있는 와중에 단 한 사람 이상설 은 분노로 몸을 가늘게 떨고 있었다.

'이놈들!'

이상설은 러시아에 분노하고 있었다. 아무것도 모르고 가 만있었다면 팽을 당하는 상황이 눈에 훤했기 때문이다.

그렇다고 당장 자리를 박차고 극동총독에게 따지러 가기 에는 입지 기반이 너무나 약했다. 광복군은 러시아의 입장에 선 타인이었다.

'기필코 되갚아 준다.'

조용히 분노하는 이상설을 두고 나머지는 심각하게 회의 를 계속했다.

"사할린으로 간다면 안전한 것입니까?"

"금산은 사할린으로 가면 그 뒤는 자신이 해결해 주겠다고 합니다."

"방법이 무엇입니까?"

"러시아로부터 사할린을 사들이겠다는군요."

순간 정적이 생겼다. 전혀 생각하지 못했던 방법이기도 했 지만, 대가로 지불하는 금액이 상상하지도 못했던 큰돈일 것 이라 직감을 했기 때문이다.

"가능한 일입니까?"

"금산은 약속을 해 놓고 실망시킨 적이 없으니 불가능하더라도 가능하게 만들 것입니다."

"음······."

다들 고개를 끄덕이며 수긍했다.

"그 외에 다른 방법은 없습니까?"

진공할 기회를 놓쳤다는 생각이 들었는지 박용만은 수긍하면서도 다른 대안이 없는지를 물었다.

"국내 진공을 하면 사死, 여기를 떠나지 않으면 팽烹, 떠나면 그나마 생生인 것 같습니다."

안중근의 말에 공감하는 분위기였다.

"떠납시다."

"갑시다. 살아 있어야 기회가 생기지 않겠습니까?"

홍범도는 사람들을 다독였다.

"맞습니다. 끝까지 살아남는 자가 승리자다!"

결의를 다지며 사할린 북쪽을 향해 떠나기로 했다.

호텔에서 지낸 지 며칠이 지나자 햄록에게서 연락이 왔다. 대찬이 에릭과 함께 햄록의 저택으로 들어가자 전과는 다르게 여러 명의 사람들이 있었다.

"반갑습니다. 총리 비서 사울 F. 쟝입니다."

"존 D. 강입니다."

"에릭 P. 고든입니다."

다수의 사람들과 인사를 나누자 햄록이 먼저 입을 열었다.

"못 보던 분이 오셨습니다?"

표정은 웃고 있었지만 경계하는 느낌이 묻어났다.

"아, 저는 미국 정부에서 나왔습니다."

"미국 정부에서 무슨 일로?"

"존 씨는 미국에서 중요한 인물입니다. 정부에서는 존 씨가 국제적인 일을 하신다고 하셔서 보좌하라고 저를 보냈습니다."

"그렇군요."

햄록의 미간에 아주 미세하게 주름이 생겼다. 자세히 보지 않으면 알 수 없을 정도였다.

짝.

박수를 치며 분위기를 바꿨다.

"자, 어떻게 되었습니까?"

"정부에서 영국과 상의한 결과……."

"……?"

대찬은 결과가 너무 궁금했다. 자신 있게 사할린을 구입하겠다고 광복군에게 큰소리쳤지만 변수가 너무 많았다.

"영국에서는 긍정적인 반응을 보였습니다. 다만……."

"뭡니까?"

"일을 성사시키면 영국에도 어느 정도 보답을 해 줘야 할 것 같습니다."

'이 정도면 충분히 감수할 만하다.'

영국에 일정 부분 떼어 주는 것은 예상했던 일이었다.

걱정은 다른 부분에 있었다.

'사공이 너무 많아.'

대찬은 이번 일을 은밀하게 처리하고 싶었다. 하지만 벌써 미국, 캐나다, 영국까지 참가하게 되니 일이 뒤집어지는 일이 생길 것 같아 걱정이었다.

"그럼 5천만 달러 이하로 구입하여 발생하는 차익을 캐나다가 차지하고 영국에는 따로 사례하면 되나요?"

"그렇습니다."

"사례는 어느 정도 하면 될까요?"

햄록은 그제야 웃음을 지었다.

"천만 달러 정도면 될 것 같군요."

처음 대찬의 예상 금액은 1억 달러였다.

'예상했던 비용보다는 많이 줄었지만 앞으로 연해주, 뉴칼레도니아, 체텀 제도를 구입하려면 조금 아끼는 것도 좋겠다.'

대찬은 에릭에게 살짝 눈치를 줬다.

"잠시 쉬었다가 다시 이야기하시죠."

아메리칸
드림

적절하게 의도대로 에릭은 분위기를 마무리 지었다. 두 사람은 따로 마련된 방으로 자리를 옮겼다.

"어떻게 생각하세요?"

"제 생각이 중요하겠습니까?"

"저는 지금 미국인으로서 질문을 한 거예요."

"그렇다면 제 생각은, 너무 비쌉니다."

"왜 그렇게 생각하시죠?"

"너무 쓸모없는 땅입니다."

대찬은 전에도 똑같은 이야기를 들은 적이 있었다. 모건과 존이 뉴욕에서 나누었던 대화에서도 너무 비싸게 산다는 이야기를 했었다.

"얼마가 적당하겠습니까?"

"사실 따지고 보면 알래스카는 720만 달러에 사들였죠. 물론 지금은 헐값이나 다름없어 보이지만, 당시에는 오히려 알래스카에는 과분한 금액이었습니다. 제가 보기에는……."

"보기에는?"

"5천만 달러에서 캐나다와 영국이 나누어 먹어도 큰 무리는 없을 겁니다."

'실수했네.'

에릭의 말을 듣고 대찬은 영국에 얼마의 사례를 하면 되겠냐고 물었던 자신의 입을 탓했다.

"조언 감사합니다."

"별말씀을."

다시 회의장으로 가자 상대는 느긋한 표정으로 대찬을 맞았다.

"결정은 하셨습니까?"

햄록의 질문에 대찬은 그가 자신을 보며 느글거리는 웃음을 짓는 것 같아 속이 상했다.

'모험 한번 해 보자.'

첫 번째 협상에서 안 되면 다시 두 번째 협상을 하면 된다는 생각이 들어 모험 수를 던져 보기로 마음을 먹었다.

"제가 생각을 해 보았습니다. 그런데……."

"그런데요?"

"영국에까지 사례하면 돈이 부족할 것 같습니다."

이번에는 반대로 햄록과 사울이 자리를 비웠다.

'준명이 연해주 이야기까지 하지 않아서 얼마나 다행인지 모르겠네.'

준명은 사할린과 더불어 연해주까지 물어보고 오는 것이 목적이었지만 햄록과 대화 당시 사할린에 대한 반응에 당황하여 연해주 이야기는 하지도 않고 돌아왔다는 것을 들었다.

'백인에게 당할 만큼 당했다. 이번에는 좀 이겨 보자!'

대찬은 속으로 기합을 넣으며 협상을 준비했다.

조용한 곳에 들어가서 이야기하던 두 사람은 차 한잔 마실

시간이 지난 다음에 나왔다.

"생각을 해 봤습니다. 그런데 영국을 움직이려면 사례금이 필요하다는 것이 우리의 입장입니다."

가격을 깎으려는 대찬과 어떻게든 더 받아 내기 위한 캐나다의 설전이 시작되었다.

"아시다시피 저는 일개 사업자입니다. 돈을 많이 벌기는 했지만 천만 달러나 더 융통할 여력은 없습니다."

"곤란하군요."

"처음부터 우리가 약속한 금액은 5천만 달러였습니다. 그 금액 이하로 양도받으면 나머지 차액은 캐나다에 지급한다고 제안했습니다."

"물론 알고 있습니다. 하지만 상황이 바뀌지 않았니까? 유명한 사업가가 이렇게 융통성이 없어서야 되겠습니까?"

원하는 방향으로 진행되지 않자 대찬의 위치를 운운했다. 햄록은 한참을 훈계하듯이 말했다.

'왜 이렇게 '돈 내놔'로 들리지?'

"많이 흥분하신 것 같습니다."

에릭은 적절하게 햄록의 말을 끊고 분위기를 환기시켰다.

"흠흠……."

대찬에게 말할 때는 거침없더니 에릭이 말을 끊자 햄록은 대찬보다는 오히려 에릭의 눈치를 보았다.

'어휴, 진짜 못 해 먹겠네.'

인종차별은 대찬을 지치게 했다. 미국에서는 대찬이 제법 유명해 이러한 대접이 많이 줄었지만 캐나다는 논외였다.

"그래서 햄록 씨는 어떻게 했으면 좋겠습니까?"

"당연히 영국에 사례를 해야지요."

'끄응…….'

어떻게든 많은 이득을 챙기려는 모습을 거침없이 보이고 있었다.

"그런데 그 땅을 왜 사려는 것입니까?"

"그게…….'

대찬의 머리가 돌기 시작했다.

"제가 어느 나라 사람처럼 보입니까?"

"중국인 아닙니까?"

"아닙니다. 저는 한국인입니다."

"한국? 그런 나라도 있습니까?"

"있었지요. 과거에는……. 현재는 없습니다. 일본 식민지가 되었거든요."

"그런 일이 있었군요. 안타깝게 되었습니다."

질문의 당사자인 사울은 표정 변화 없이 입으로만 위로의 말을 전했다.

"그래서 한인들이 살 수 있는 곳을 구하려고 했습니다."

"그렇다면 더더욱 양도에 힘써 주는 영국에 사례를 해야 되잖습니까?"

기회를 잡았다는 듯이 햄록이 꼬리를 물었다.

'낚았다, 요놈!'

"그 말에 동의합니다. 그런데 자금은 한정되어 있고……."

"그리고요?"

다음 말이 궁금한지 사울은 재촉했다.

"선택지가 여러 곳 있습니다."

"그렇다면 우리에게 제안을 한 이유는 뭡니까? 많은 선택지를 놔두고서요."

햄록은 부쩍 신경질적으로 대했다.

"러시아에서는 미국에 양도하지 않을 테니까요. 그리고 다른 선택지들은 고향에서 먼 곳입니다."

"이!"

얼굴이 시뻘게지며 화를 내려는 햄록을 사울이 진정시키고 대찬에게 물었다.

"다른 선택지가 어디입니까?"

"그것까지는 말할 수가 없습니다. 하지만 지금 하는 말은 거짓이 하나도 없음을 약속합니다."

"알겠습니다. 오늘은 이만 돌아가 주시겠습니까?"

"좋습니다."

대찬과 에릭은 걸어 둔 모자와 외투를 챙겼다.

"그럼 좋은 소식 기다리겠습니다."

저택을 나오며 수많은 생각이 들었지만 그중에 가장 마음

아픈 건 나라가 없다는 점이었다.

'나를 보호해 주는 나라가 없다.'

미국이라는 나라의 시민으로 살고 있었지만, 한국인이란 마음이 비교도 되지 않을 정도로 더 컸다.

'이 시대에 힘 있는 나라였다면…….'

고개를 흔들며 애써 부정적인 생각을 떨치기 위해 노력했다.

호텔에서 지낸 지 며칠이 지나자 만나자는 연락이 왔다.

"파이팅!"

방문을 나서기 전에 기합을 넣고 로비로 내려가자 에릭이 대기하고 있었다.

"오늘은 결판이 나겠군요."

협상이 막바지에 다다랐다는 것을 예감했는지 끝을 예고했다.

"가 봅시다."

두 사람은 호텔에서 제공해 주는 고급 차를 타고 햄록의 저택으로 갔다.

햄록의 저택은 유럽의 양식을 그대로 따 와서인지 고풍스러운 멋이 있었다. 살짝 무거운 느낌도 있었다. 평소보다 저택을 지키는 인원이 늘었는데, 저택의 분위기를 더 무겁게 만들었다.

'압박받으라고 이렇게 한 건가?'

무력시위라는 것을 느낀 대찬은 살짝 웃음이 났다.

'군인인 거 같은데…… 군기가 정말, 어휴.'

회귀 전에 군인이었던 대찬은 저택 주변을 지키고 있는 사람들을 보며 오히려 긴장이 해소되었다. 차에서 내리자 몇 번의 방문으로 익숙해진 저택의 회의실로 빠르게 이동했다.

"어서 오세요."

평소에 대하는 행동과 다르게 무척이나 반겼다.

'왜 이래?'

기나긴 설전을 대비하고 왔기 때문에 당황스러움을 느꼈다. 그런 행동으로 빙빙 돌려 얘기할 필요를 못 느끼자 대찬은 단도직입적으로 물었다.

"좋은 일이 있었나요?"

"하하, 좋은 소식이지요. 영국에서 사례금을 받지 않겠다고 하네요."

대찬의 머릿속에는 빨간 불이 들어왔다. 무언가 잘못되고 있다는 생각이 들었다.

'원하는 게 뭐지?'

"그런 표정 지을 필요 없습니다. 대신에 군수물자의 지원을 원하더군요."

"군수물자?"

"그렇습니다. 딱 천만 달러의 양만 주시면 됩니다."

'거절하기 힘든 요구네.'

캐나다는 대찬에 대해서 조사를 했다. 충분히 현금이 많을 거라고 예상하고 많은 돈을 요구했지만, 대찬이 없다고 해 버리자 확인할 방법이 없었다. 그래서 현물로 받기를 원하는 것이다. 운영하는 사업체의 목록은 알고 있으니 무엇을 받을지 선택만 하면 되었다.

"그래도 천만 달러나 되는 돈의 현물을 맞추기는 힘듭니다."

비행기를 몇 대 팔면 돈을 충분히 맞출 수 있었지만, 아직 개발 중이었고 미국 정부에서 허락을 해 줄지 확신할 수 없었다. 그렇다고 다른 보급품들로 대체하자니 단가가 너무 싸기 때문에 창고에 비축해 놓은 물건을 상당량 풀어야만 했다.

"창고에 물건이 많이 있다고 소문이……."

햄록 특유의 이죽거림이 시작되었다.

대찬은 짜증이 솟구쳤지만 최대한 자제하며 대안을 생각했다.

'군수 쪽에 내가 줄 수 있는 건 기껏해야 식량뿐이야. 통조림을 풀기에는 너무 아까워. 다른 것은 대부분 생물인데.'

대찬이 캘리포니아 상비군에게 군수물자를 댈 수 있었던 것은 근처에 목장과 공장 들이 있었기 때문이다. 하지만 대서양을 건너야 있는 영국에 생물을 공급할 수는 없었다.

'방법을 찾아야 돼.'

식량을 생각하자 최근 개발을 지시했던 전투식량이 생각났다.

'좋아, 뭐든지 천만 달러만 채우면 된다 이거지? 근데 절대 다는 못 줘!'

"좋습니다. 그런데 천만 달러면 너무 많은 것 같습니다."

"수용하겠습니다. 얼마까지 가능하겠습니까?"

"5백만 달러입니다."

햄록은 사울과 귓속말을 하며 의견을 조율했다.

"8백만."

"너무 많습니다. 조금 깎아 550만 어떻습니까?"

"750만, 더 이상은 안 되겠습니다."

햄록이 주도했던 상황에서 사울은 더 이상 협상을 거절한다는 듯이 마지노선을 정했다.

"어휴, 알겠습니다."

5천만 달러에 750만 달러를 더하여 총 5,750만 달러를 지출하게 되었지만 대찬은 속으로 웃고 있었다.

'1억 달러 생각했는데, 이 정도면 선방했네, 절반 가까이 깎았으니까.'

아직 협상이 끝나지 않았기에 대찬은 정신을 차리고 다음을 생각했다.

'최대한 아껴야 하니까, 영국까지 운송은 절대로 못 한다.'

우울한 표정을 만들어 내고 대찬은 앓는 소리를 냈다.

"생각 이상으로 지출이 많아…… 영국까지 운송은 힘들 것 같습니다."

"좋습니다. 그건 캐나다에서 맡도록 하지요."

기분이 좋아졌는지 햄록은 흔쾌히 수락했다.

"그리고……."

"또 있습니까?"

"마지막입니다. 물건은 최저 판매가에 넘기도록 하겠습니다."

'수락해라, 수락해!'

대찬은 속으로 이번 제안을 수락하기를 빌었다.

"좋습니다. 그럼 계약서 쓰도록 하지요."

'나이스!'

군수물자는 원가가 비싸지 않다. 하지만 함부로 수출할 수가 없었다.

'얼마를 붙이든 최저가라고 우겨도 뭐라고 못 하지!'

마침 대찬이 그렇게 지원하던 민주당에서 대통령이 나왔고 이번 일을 모두 외면할 때 민주당의 지원으로 안전장치를 만들 수 있었다.

'다음 대통령도 무조건 민주당이 되어야 해!'

속으로 미래를 생각하고 있을 때 회의장 밖에서 대기하던 캐나다 측의 정부 요원들이 들어와 계약서를 만들기 시작했다. 계약서는 총 네 부가 만들어졌는데 미국, 영국, 캐나다, 마지막으로는 대찬의 것이었다.

대찬은 꼼꼼하게 계약서를 읽어 보고 손해 보는 것이 없는지 확인하기 시작했다. 이윽고 에릭을 보며 눈치를 주자 그가 고개를 끄덕이며 문제없다는 것을 알렸다.

"아, 하나 추가하고 싶은데 가능하겠습니까?"

"말씀하세요."

"지금 이렇게 모인 국가들과 러시아를 포함하여 그 이외의 국가에는 허락 없이는 비밀을 유지해야 한다는 사항을 넣어도 되겠습니까? 비밀 유지 기한은 30년으로 하겠습니다."

"어렵지 않습니다."

이 제안은 일본에 숨기기 위한 수였지만, 한편으로 대찬에게는 상당히 위험한 조항이었다. 대찬을 암살하고 국가들끼리 조용히 입을 닫으면 그 누구도 알 수 없었다.

'그럼에도 불구하고 일본 때문에 숨겨야 한다는 거지.'

시대적으로 일본은 너무나 걸림돌이었다. 사할린이 캐나다의 영토로 바뀐다면 쉽게 일본이 쳐들어오지는 못할 테지만, 일본의 제국주의가 절정으로 치솟았을 때는 장담할 수 없다.

'2차 대전을 시작할 때쯤이면 자체적으로 방어를 할 수 있을 거야.'

조금씩 계획을 완성시켜 가는 대찬은 자신이 있었다.

요구한 조항이 삽입되자 다시 계약서가 만들어졌고 서명을 하기 시작했다. 대찬은 총 네 번의 서명을 두근거리며 써 갔다.

　　"그럼 물자를 잘 부탁합니다."

　　영국인 특유의 억양을 한 사람이 대찬에게 악수를 제의했다.

　　"알겠습니다."

　　악수가 끝나자 영국인은 그대로 저택을 나갔다.

　　남은 사람들과 서로 번갈아서 악수를 한 뒤 에릭과 대찬은 저택을 빠져나와 호텔에서 제공한 차를 타고 이동했다.

　　"존, 비행기는 수출이 안 됩니다."

　　"알고 있습니다."

　　에릭은 의아한 표정을 지었다.

　　"그럼 뭘 수출하시려고 합니까?"

　　"전투식량이라는 것이 있습니다. 이걸 정부에서 수출할 수 있게 허가를 해 주시겠습니까?"

　　"전투식량요?"

　　"전쟁 중에 불을 피울 수 없으니 간단하게 바로 먹을 수 있게 가공된 것이에요."

　　"그런 것이 있습니까?"

　　"이번에 만들었는데 맛이 참⋯⋯."

　　"하하, 영국이 당했군요."

"꼭 그렇지만은 않아요. 중요한 순간에는 엄청난 자원이 될 거예요."

"그것도 그렇지만 영국 음식은 최악이니, 그들은 잘 먹을 겁니다."

"그런가요?"

홀가분한 마음에 유쾌하게 웃고 대찬은 호텔에 도착해 바로 집으로 향했다.

대찬은 긴 여정을 통해 샌프란시스코에 도착할 수 있었다. 도착하는 즉시 정부에 기부금을 내고 민주당에 정치자금을 평소보다 몇 배 이상으로 크게 지원해 줬다. 그리고 옆에서 도와준 에릭에게 특별히 1만 달러를 보내 사의를 표했다.

오타와에 갔다 온 동안 전투식량을 연구하는 사람들은 꽤나 많이 만들어 놨는데, 통조림으로 만들어진 것들을 하나씩 까서 시식해 보았다.

"우웩."

도저히 먹을 수 없는 음식이었다.

"이거 뭐예요?"

연구를 담당하던 사람이 자신 있게 말했다.

"돼지비계를 이용해서 만든 것입니다."

"비계?"

"네, 추울 때는 꼭 필요한 음식이기에 만들어 봤습니다."

"혹시 러시아 출신이에요?"

"허, 어떻게 아셨습니까?"

"끄응…… 이건 안 되겠어요."

러시아 출신의 연구인이 만든 것을 반려하고 다음 것을 먹어 봤다.

"오, 이건 맛있네요."

"토마토로 만든 리소토입니다."

"아주 좋아요. 포함하세요."

수십 가지의 음식을 먹어 보자 전투식량의 패키지에 포함될 음식들은 몇 가지 남지 않았다.

"메인으로 먹을 음식뿐만 아니라 후식도 만들어 보세요. 아, 그리고 커피는 캔으로 만들어 보세요."

대찬은 캔을 그리며 설명했다.

"알겠습니다."

연구원들이 떠나자 대찬은 의자에 누운 자세를 취하고 배를 두들겼다.

"아, 배불러 저녁은 못 먹겠다."

저녁 생각을 하자 엠마가 떠올랐다. 대찬은 샌프란시스코에 도착해서 엠마를 한 번도 보지 않았다. 존이 너무 미웠기 때문이다.

아메리칸
드림

'잠깐 정도야 뭐…….'

미안한 감정이 들었지만 엠마를 보고 아무 일도 없었다는 듯이 행동할 자신이 없었기에 당분간 피하는 것도 좋겠다는 생각을 했다.

유럽의 정세를 가장 간단하게 설명하자면, 삼국동맹과 삼국협상으로 나눌 수 있다.

1882년 프랑스를 고립시키기 위해서 독일의 주도로 독일, 오스트리아, 이탈리아 3국 간에 방어 비밀동맹을 체결했는데, 독일의 행보에 위협을 느끼고 영국, 프랑스, 러시아가 협상을 하면서 이에 대응할 삼국협상이 형성됐다.

이들은 관계를 유지하기 위해서 서로에게 고위직을 파견했는데, 영국에 있는 러시아 주재관은 은밀한 제의를 받았다.

"캐나다에서 사할린을 양도받고 싶어 합니다."

아시아 쪽에 관심이 없었던 주재관은 쓸모없는 땅이라고 생각했지만 과거 알래스카를 미국에서 팔아서 후회했던 일이 있었기에 부정적인 입장이었다. 하지만 협력 관계에 있는 국가의 제안을 본인의 재량으로 묵살할 수는 없기에 정부에 보고할 수밖에 없었다.

큰 위협을 느끼며 서로의 연대를 단단히 하고자 했었기에 주재관이 보고한 내용은 러시아 정부에 빠르게 보고됐고 자세한 것을 파악하기 위해 어느 정도 재량이 있는 사람을 영국으로 파견했다.

　그렇게 런던에 있는 러시아 공관에서 양국의 인사들이 만날 수 있었다.

　"사할린을 원하신다고 들었습니다."

　"맞습니다. 캐나다에서 사할린을 양도받고 싶어 합니다."

　"아시겠지만 우리 정부에서는 영토 양도에 대해서 상당히 부정적인 입장을 가지고 있습니다. 그런데도 그런 제의를 한 이유가 궁금하군요."

　"확장."

　"영국의 뜻입니까? 아니면?"

　"영국에서는 현 상황에 충분히 만족하고 있습니다. 다만 캐나다가 영국의 일원이지만 나름의 독립적인 국가인지라 사할린을 통해 새로운 바람을 일으키려는 모양입니다."

　사할린은 일본의 위에 있었고 중국과도 가까웠다.

　"그렇군요. 하지만 사할린도 겨울이 되면 바다가 얼어 버립니다."

　"복안이 있겠지요."

　러시아 인사는 고개를 끄덕였다.

　"일단 본국과 이야기를 해 봐야겠습니다."

"알겠습니다. 긍정적인 답변 기다리겠습니다."

후로 수차례 만남이 이루어졌지만 러시아에서는 진의를 파악하기 어려워 선뜻 수락하지 않았다.

＊

전투식량은 계속해서 새로운 것들이 만들어지고 있었다. 기존의 개발되었던 것들도 만든 후에 밀봉해서 시간이 지날 때마다 하나씩 개봉해 맛이 얼마나 변하는지 확인하고 품질을 유지하기 위해서 노력했다.

그렇게 통과한 제품들은 시범적으로 캘리포니아 상비군에 제공하여 품평을 받았는데, 반응이 제법 좋았다.

"통과한 제품들은 공장을 만들고 창고를 지어 비축해 놓으세요."

대량생산을 할 수 있는 공장은 물론 창고도 크게 지었다. 전쟁이 나는 즉시 많은 양이 소비될 수 있기 때문에 최대한 많이 생산했고 캐나다가 사할린을 양도받으면 영국에도 전투식량을 보낼 것이다.

"영국에 보낼 것들은 최고급이라고 크게 써서 붙이세요."

전투식량은 순조롭게 만들어지고 창고에 쌓여 갔다.

"군용 장비가 필요하겠네? 야전삽이라든지 침낭, 이런 거."

군 생활을 할 때 썼던 개인 장구류가 떠올랐다. 대찬은 연구 개발을 지시했는데, 우의와 야전삽, 침낭 등이 개발되기 시작했다.

"아, 이래서 전쟁상인이 생기는 건가?"

평소보다 몇 배나 비싸게 팔 수 있었고 전쟁이 끝나지 않는 한은 계속해서 물자들을 필요로 했다.

'빨리 끝나지 않는 전쟁이니까 많이 벌어서 차근차근 만들어 가야지.'

조금씩 계획했던 일들이 실현이 되면서 대찬의 자신감은 나날이 늘고 있었다.

'빨리 연락 와라!'

그는 캐나다의 연락을 기대했다.

순종은 광복군에서 훈련을 받으며 없는 사람처럼 조용히 지냈다. 특히 간부들의 회의가 열릴 때면 혼자 인적이 없는 곳으로 사라지곤 했는데……

'내가 있으면 편하게 이야기를 할 수 없겠지.'라고 생각하며 회의가 끝이 나면 돌아왔다.

'면목 없군.'

순종은 언젠가 한번 독립군 간부들에게 자신을 전면으로

내걸고 독립운동을 하는 것이 어떤지 제의한 적이 있었다.

"그럴 수 있다면 좋겠습니다. 하지만 그렇게 된다면 첫째로 일본의 최우선 공격 대상이 될 것이고, 둘째로 일본과 마찰을 피하기 위해서 소재하고 있는 국가에서 불안감을 없애려 할 것입니다. 광복군이 위태로워지는 것이죠. 마지막으로는 아직 때가 아닌 것 같습니다."

확실한 때를 기다리고 있는 광복군은 순종을 아직까지 숨겨야 할 대상이라고 생각했다.

"그때는 언제 오는 것이오?"

"알 수 없습니다. 하지만 분명히 올 것입니다."

기다려야만 하는 일상을 순종은 매일 답답해하고 있었다.

"폐하."

순종의 거처 밖에서 그를 찾는 소리가 들렸다.

"들어오시오."

황제에게는 맞지 않는 소박한 가옥이었는데, 이는 순종 스스로 원한 것이었다.

거처로 들어선 사내는 절을 하고 앉았는데 이상설이었다.

"무슨 일이오?"

"폐하, 이번에 광복군이 이주를 결정했습니다."

"그렇소? 어디로 가는 것이오?"

"사할린 북쪽입니다."

"알겠소."

"이만 가 보겠습니다."

다시 절을 하고 나가려는 이상설에게 순종이 말했다.

"혹시 말이오."

"말씀하시옵소서."

"국내로 잠행하고 싶은데, 가능하겠소?"

순종은 국내의 상황이 너무 궁금했다.

"그것이……."

"지금 국내에 들어서도 나를 알아보는 이는 아무도 없을 것이오."

머리도 짧게 자르고 수염도 없어진 지 오래였다.

"부탁하오."

순종의 거처를 나온 이상설은 안중근에게 가서 이야기를 전했다.

"폐하께서 국내로 잠행을 가신다고요?"

"그렇습니다. 꼭 가고 싶어 하시더군요."

"너무 위험하지 않겠습니까?"

"그건 그렇지만……."

안중근은 곰곰이 생각하다가 결정했다.

"아무래도 안 될 것 같습니다."

이상설은 안중근과의 이야기가 끝난 후에 다시 순종에게

가서 말을 전해 주었는데, 순종은 크게 실망했다.

"결국 나는 쓸모없는 것 같소."

"아니옵니다, 폐하. 분명히 때가 올 것이나 지금으로서는 기다리는 것이 최선이옵니다."

"이만 가 보시오."

이상설은 절을 하고 순종의 거처를 벗어났다.

그가 떠나는 것을 확인하고 순종은 옷을 갈아입었다. 그리고 써 놓은 편지를 꺼내 놓고는 밖으로 나갔다.

평소에 호위하는 사람이 있었기 때문에 피할 수 있는 동선을 알 수 있었고 훈련을 받아 순종 역시 굉장히 날쌨기 때문에 몰래 광복군 조차지를 벗어날 수 있었다.

다음 날 순종을 찾아왔던 이상설은 물음에 응답이 없자 거처에 들어갔다 편지를 발견할 수 있었다.

국내를 둘러보고 사할린으로 가겠소. 걱정하지 마시오.

광복군은 순종을 찾기 위해 노력했지만 끝내 찾을 수 없었다.

"대찬아!"

대찬은 익숙한 목소리에 누군지 짐작할 수 있었다.

"웬일이야?"

"하하, 도망 나왔지…….'

"뭐?"

"아니, 혼인하기 싫어서."

"아이고, 너도?"

"그렇게 됐어."

준명도 혼인을 피해 하와이에서 도망쳤었다.

"너도 일자리가 필요해?"

"아니."

"알겠어. 그럼…… 엥? 아니라고?"

"아니야."

"왜?"

대찬은 명환이 준명처럼 일이 필요해서 자신을 찾아온 것이라고 생각했는데 아니라고 하자 당황했다.

"나 혼인하고 싶은 여자가 생겼어."

"혼인하기 싫어서 도망쳤다며?"

"그 여자 만나려고 도망쳤나 봐, 하하."

기분 좋은 웃음, 대찬은 문득 엠마가 생각났다.

'못 본 지 한참 됐네.'

존에게 마음이 상한 탓에 제대로 보기 힘들었다. 그래서 의도적으로 피했는데 한동안 잊고 지내다가 명환이 혼인 이

아메리칸
드림

야기를 하자 엠마가 생각이 났다.

"그래, 혼인식을 하려고?"

"응, 다시 하와이에 가야 할 것 같아."

"빠르다고 생각하지 않아?"

"처음에는 그렇게 생각했는데 지금 이 여자를 놓치기 싫어."

"축하한다."

"고마워. 그리고 스미스가 연락 한번 달래."

"스미스 씨?"

"꼭 연락 달라고 했어."

"알았어."

명환이 떠나고 대찬은 엠마에 대해 깊게 생각했다.

'나쁘지 않아. 미인이고 이제까지 본 모습으로도 충분해.'

연말 파티에서 엠마와 나눴던 입맞춤이 생각났다. 순간 대찬의 얼굴은 붉게 익었다.

평소에 늦은 시간에 집으로 돌아갔던 대찬이 저녁 시간이 되기 전에 집에 도착하자 엠마는 식사를 차려 놓고 기다리고 있었다.

"하, 하…… 오랜만이에요."

"네……."

식기 소리만 나며 어색한 분위기가 감돌았다.

"혼인하죠."

"네?"

엠마는 큰 두 눈만 끔뻑였다.

"하와이에 한번 다녀오도록 해요."

대찬은 작은 상자 하나를 식탁 위에 올려 건네주었다.

"······알겠어요."

말없이 식사를 마치고 대찬은 서재로 갔다.

'잘 선택한 것이겠지?'

미래였다면 엠마는 주저 없이 옳고 싫음에 대해서 명확하게 표현을 했을 것이다. 하지만 아무 말 없이 수긍하였다.

"어휴."

지금 겪는 상황이 익숙하지 않아 한숨만 내쉬었다.

"그 일만 아니었으면 훨씬 부드러운 분위기였을 텐데······."

존에게 마음이 상했던 일 때문에 엠마에게 한층 더 미안한 감정이 들었다.

개전

오스트리아.

발칸반도 보스니아 주州, 사라예보.

"프린치프, 이번에 오스트리아 황태자 부부가 이곳에 온
다는 소식이네!"

황태자 프란츠 페르디난트는 오스트리아 제국 내에서 게
르만인과 슬라브인이 평등하게 지내게 하려는 계획을 세우
고 있었다. 하지만 세르비아 민족주의 단체는 이러한 온건
정책이 오히려 세르비아인의 결집 의지를 약화시킴과 동시
에 독립하여 단일민족국가를 만들지 못하게 만든다고 여겼
다. 또한 오스트리아-헝가리 제국 내에 슬라브계 민족이 동
등하게 동맹에 참여할 수 있는 제3의 왕국을 수립하려는 구

상은 통일된 단일민족국가를 열망하는 세르비아인들에겐 위협이 되었다.

"뭐?"

네디엘코 카브리노비치는 방문 소식을 듣자 달려와 소식을 알렸다.

"내가 말한 그대로네."

두 사람은 슬라브계 민족주의 단체에 속해 있었고 18세의 학생이자 스스로 혁명가라 자처했다.

"드디어 처단할 기회가 왔군!"

두 사람은 크게 기뻐하며 암살 계획을 세웠다. 그리고 두 명으로는 역부족이라는 생각이 들어 함께할 두 명의 동지를 더 구했다.

6월 28일.

오스트리아-헝가리 제국의 황위 계승자였던 프란츠 페르디난트 대공과 그의 아내 조피 폰 호엔부르크는 차를 타고 이동하고 있었다.

"프린치프, 지금이야!"

프린치프는 차를 향해 폭탄을 던졌다.

황태자 부부의 차를 운전하던 기사는 무언가 좋지 않은 예감이 드는 도중에 뭔가 날아오는 것을 보게 되자 차의 속도를 더 내었다.

펑!

차를 향해 날아온 것은 폭탄이었다. 운전기사의 기지로 폭탄은 뒷바퀴에 맞았기에 황태자 부부는 문제가 없었으나 폭탄의 여파가 뒤따라오는 차에 미쳤고 많은 부상자가 생겼다.

"이런! 어서 저들을 데리고 병원으로 가세."

황태자는 다친 사람들을 보고 안타까워하며 한 명이라도 살릴 수 있게 일정을 바꿔 병원으로 가자며 재촉했다.

"전하, 안 됩니다. 돌아가시지요."

신하들은 아직 테러의 위험이 끝나지 않은 것을 불안해하며 안전한 곳으로 가자고 설득했다.

"아니야, 나 때문에 저렇게 다친 것을. 어서 병원으로 가세!"

황태자가 단호하게 병원으로 갈 재촉하자, 일행은 어쩔 수 없이 병원을 향해 빠르게 이동했다.

"젠장!"

프린치프가 던진 폭탄은 황태자 부부에게 피해를 주지 못했다. 삽시간에 주변에 가득 찬 군경들이 수색을 시작하자 일행은 뒤쪽으로 몸을 피하고 사태를 주시했다.

황태자의 차는 병원으로 가기 위해서 움직였는데, 빠르게 가기 위해서 길을 변경해 지름길로 가기로 했으나 실수로 운전사에게 미리 말하지 않아 운전사는 길을 잃고 말았다.

차가 잠깐 멈춰 선 사이.

"슬라브인들의 영광을 위해!"

탕탕!

골목에 숨어 있던 프린치프가 뛰어나와 황태자 부부를 향해 총을 쐈다. 각각 한 발씩 두 발 모두 부부에게 정확히 맞았다.

총을 맞아 시뻘건 피를 흘리는 부부는 눈을 맞췄다.

"조피…… 조피…… 당신은 살아야 해. 우리 아이들을 위해서라도, 조피!"

황태자는 의식을 잃었다. 곧이어 황태자비도 의식을 잃었고 이들은 곧 병원으로 옮겨졌다.

범인인 프린치프는 곧 잡혔고 황태자의 소식을 들은 시민들은 세르비아인들의 가게를 불태우고 약탈하기 시작했다.

황태자 부부는 1시간 뒤 동시에 죽음을 맞이했다.

사건이 발생한 사라예보는 오스트리아의 영토였으며 프린치프 또한 오스트리아령 보스니아에 사는 세르비아인일 뿐 세르비아 국적을 가지고 있지 않았다. 그러나 세르비아가 러시아 제국의 지원을 받으며 남슬라브 운동을 은근히 부추기는 것을 탐탁지 않게 생각하던 오스트리아—헝가리 제국은 이 사건을 구실로 세르비아와의 전쟁을 결심했다.

세르비아와 전쟁을 하기 위해서 동맹국 독일의 협조를 요청했고, 독일은 오스트리아를 무조건 지원하겠다고 약속했으며 빌헬름 2세는 백지수표를 오스트리아에 건네주었다. 이것은 지난 1878년에 체결된 독일-오스트리아의 2국 동맹에 따르는 것이었다.

오스트리아는 독일이 건네준 백지수표를 믿고 7월 23일 세르비아에 다음과 같은 내용의 최후통첩을 보냈다. 답변 시한은 48시간이었다.

1. 모든 반反오스트리아 단체를 해산할 것.
2. 암살에 관련된 모든 자를 처벌할 것.
3. 반오스트리아 단체에 관련된 모든 관리를 파면할 것.
4. 여기에 관련된 당사자를 조사하는 데 오스트리아 관리가 세르비아로 들어가 돕는 것을 허용할 것.

사라예보 사건은 미국에도 대서특필되었다. 그리고 사전에 정보를 알고 있던 이들은 하나같이 느낄 수 있었다.
"전쟁이 시작되었다."

오스트리아-헝가리 제국은 48시간의 최후통첩의 시간이 지나자 세르비아에 선전포고를 했다. 세르비아는 1, 2, 3의 세 개 조항에 대해서는 굴욕을 감수하더라도 받아들이려 했으나 마지막 네 번째 조항은 받아들일 수 없다는 입장을 취하였고 결국 전쟁을 마음먹은 오스트리아와 전쟁을 시작했다.

또 다른 제국주의를 꿈꾸던 동맹국 독일제국도 8월 1일 러시아에 선전포고를 하였다. 그리고 이틀 뒤인 8월 3일에는 프랑스에 선전포고를 하였다.

8월 4일 미국은 전쟁에서 중립을 선포했고 이날 독일은 영국에도 선전포고함으로써 삼국협상의 3국에 모두 선전포고를 했다.

며칠이 지난 8월 11일 프랑스가 오스트리아에 선전포고를 했다.

기존의 제국주의 국가인 영국, 프랑스, 러시아와 신흥 제국주의 세력으로 부상하려는 독일, 오스트리아 간의 전쟁이 시작되었다.

삼국동맹 중에 의외인 국가가 하나 있었는데, 이탈리아다. 삼국동맹에 참가하고 있었지만 의외로 오스트리아와 마찰이 많았는데, 자국 통일을 방해하는 국가가 오스트리아였던 것이다.

서로 선전포고를 하고 있는 와중에 이탈리아는 '방어동맹을 했으니 방어를 할 경우엔 전쟁에 참가하겠지만 침략에는 참가할 수 없다.'라고 주장하며 참가를 거부했다.

독일의 입장에서는 배신당한 것이나 마찬가지였지만 이탈리아는 오스트리아가 있는 껄끄러운 삼국동맹보다 친하게 지내는 프랑스와의 관계에 더 중점을 두었기 때문에 중립을 표방했다.

전쟁은 유럽에서 일어났지만 발 빠르게 움직이는 국가가 하나 있었는데, 국제 정세와 외교에 눈을 뜬 일본은 독일에 교주만 조차지를 중국에 반환하도록 최후통첩을 보냈다. 그리고 그 최종 기한인 8월 23일, 독일제국에 선전포고를 했다.

♟

영국에 위치한 러시아 공관에서는 러시아의 주최로 파티가 열렸다.

"초대에 감사합니다."

"아닙니다. 와 주셔서 감사합니다."

형식적인 인사를 나누던 두 사람은 사람들의 눈치를 보다 분위기가 무르익자 조용히 밀실로 향했다.

"귀국은 사할린을 아직도 원하고 있습니까?"

"그렇습니다. 혹시?"

"본국에서 지시가 내려왔습니다."

서로 전쟁에 앞서 선전포고를 주고받은 상황이라 러시아는 전쟁 수행에 필요한 자금이 필요했다.

부동항을 얻지 못해 세계 곳곳에 식민지는 없었지만 동진

하면서 얻은 영토들로 인해서 빈곤한 상황은 아니었다. 하지만 상황에 따라 필요할 수 있었기에 러시아에서는 빠르게 협상하길 원했다.

"3천만 달러."

러시아 주재관은 제시된 금액을 듣고 미동도 하지 않았다.

"생각했던 금액에 턱없이 부족하군요."

"그렇습니까? 전쟁 전이었다면 더 제시했을지도 모르겠지만…… 아시다시피 이번에 전쟁에 참여할 터인지라……. 그리고 본국의 지시는 아직 받지 못했는데, 다음에 지시가 온다면 제가 지금 제시한 금액에 훨씬 못 미칠 것 같습니다."

캐나다의 인사는 전쟁을 핑계로 금액을 올릴 수 없다고 말했다.

"일단 저의 독단으로 결정을 내릴 수 없으니, 본국에 물어본 후에 다시 이야기를 하시죠."

러시아 주재관은 본국의 지시보다 못 미치는 금액을 제시받자 대책을 마련하기 위해서 자리를 끝내길 원했다.

"좋습니다."

두 사람은 다시 연회장으로 나가 끝나지 않은 파티를 즐겼다.

♣

대찬은 전쟁이 발발하고 얼마 지나지 않아 미국 정부로부터 군수물자를 수출해도 좋다는 허가를 받았다.

"동부로 물자를 보내세요."

뉴욕 항에 준명을 보내 부지를 매입하고 창고를 만들게 지시한 후 캘리포니아에 잠들어 있던 수많은 물자들을 동부로 옮기기 시작했다.

주로 밀봉된 식자재와 전투식량들이 이동했고 그 외에 야영에 필요한 물품들을 곁다리로 포함시켜 보냈다.

동부의 창고로 이동한 물품들은 영국 공관에 통보하여 사할린을 양도받으면 가져가도록 했다. 대찬은 창고를 관리하는 준명에게 자신의 지시가 없이는 물품의 반출을 막도록 지시했다.

전쟁 특수로 인해서 군수물자의 가격은 폭등했고 대찬은 예상보다 적은 양으로 약속을 지킬 수 있을 것 같았다.

"그런데 왜 아직도 사할린 양도 소식은 없는 거야?"

전쟁을 선포한 지 한 달이 넘도록 기다리던 소식은 전해지지 않았다.

"하와이에 갔다 와야 하는데……."

명환을 통해 스미스의 전언을 들었는데, 현 상황 때문에 자리를 비울 수 없었던 것이다.

"어쩌지?"

중요한 상황이 생긴다면 대찬이 결정을 해야 한다.

"이럴 줄 알았으면 명환을 통해서 여기로 오라고 전할걸!"

혼인하겠다고 하와이로 되돌아간 명환에게 말을 전하지 못한 것이 못내 아쉬웠다.

하와이로 가지 못하는 것에 대해서 스미스에게 미안함이 가득했지만 다른 방법이 없으니 스미스를 샌프란시스코에 부르기 위해 편지를 썼다.

한참 편지를 쓰고 밀봉하는 순간, 하와이에 간 엠마 생각이 났다. 대찬은 다시 펜을 들어 엠마에게도 편지를 썼다.

엠마에게

로맨스가 부족한 것에 대해서 진심으로 미안하게 생각합니다. 본래의 계획은 더 멋지게, 그리고 마음이 전달될 수 있게 청혼하고 싶었지만, 이런저런 상황 때문에 속이 좁아 그대에게 못난 꼴을 보였습니다.

이것도 멋있다고 생각하지 않지만 정식으로 묻습니다.

나와 결혼해 주시겠습니까?

짧은 글을 쓰면서도 대찬은 머리를 쥐어뜯으면서 고민하고 또 고민한 후에 편지를 밀봉할 수 있었다.

"얼굴은 왜 이렇게 화끈화끈한 거야? 부끄러워 죽겠네!"

하루 종일 마음이 진정되지 않던 대찬은 잠이 들기 전에도 이불을 걷어차며 부끄러워했다.

독일이 러시아에 선전포고한 뒤 동부 전선 전역은 긴박하게 돌아가기 시작했다. 먼저 양측은 동원령을 선포한 뒤 빠르게 동원을 진행시킴과 동시에 미리 예정되어 있던 작전 계획에 따라 움직이기 시작했다.

러시아, 프랑스와 동시에 전쟁을 치러야만 하는 독일군이 전술상 가장 불리하다고 생각되는 양면전을 선택한 것은 군사적으로 어리석은 선택이라고 할 수 있었다.

독일의 참모부는 이러한 상황을 충분히 인식하고 있었다. 미리부터 전쟁 계획을 만들고 있었던 독일 군부는 참모총장 헬무트 폰 몰트케의 지시로 1913년 알프레트 폰 슐리펜에 의해 작성되었던 계획을 수정하였다.

독일은 유럽 대륙 최고의 산업화를 달성하고 있었다. 그런 독일이 러시아, 프랑스와 동시에 전쟁을 하게 되었다.

독일은 상대적으로 산업화와 철도 부설이 빈약한 러시아를 내버려 두고 프랑스와 먼저 신속한 단기전을 벌여 승리를 거둔 후, 이 병력을 독일의 우수한 철도망을 이용하여 동부 전선으로 이동시켜 러시아와의 전쟁을 승리로 이끌 계획을 세웠다.

독일 참모부의 계산에 따르면, 부실한 철도망 때문에 러시아군이 전선에 배치되는 데는 약 8주의 시간이 소요될 것이다. 그러니 문제는 얼마나 빠르게 프랑스와의 전쟁을 끝낼 것인가였다.

반대로 삼국협상에서 러시아는 독일과 전쟁을 하기 위해서 동프로이센 지역에서 2주 안에 동원을 끝낼 수 있다고 프랑스에 장담했는데, 실제로 러시아는 그 정도 시간에 동원을 마쳤다.

같은 시기에 독일도 동원령을 내렸는데, 러시아는 13일이 걸렸고 독일은 14일 걸려 슐리펜의 계획은 초장부터 어긋나 버렸다.

러시아 1군 사령관은 파벨 폰 렌넨캄프, 2군 사령관은 알렉산드르 삼소노프로, 이 두 사람은 러일전쟁에 참가하여 전쟁 경험이 있는 자들이었다.

반면 독일의 방어를 맡은 8군 사령관 프리트비츠는 경험이 전혀 없는 장군이었다.

러시아 북서전선군 1, 2군을 이끌던 사령관 질린스키는 마수리안 호수 남북으로 동프로이센 초입을 신속히 돌파한 후 독일 8군을 포위망 안에 가두어 일거에 소탕할 계획이었다. 압도적으로 우세한 병력이었으므로 러시아에 긍정적인 판세였다.

8월 17일, 러시아 1군이 국경 인근의 요충지인 굼비넨 점령을 목표로 공격을 개시하면서 마침내 러시아와 독일 간의 전쟁이 개시되었다.

하지만 러시아군은 스탈루포넨 근처에서 프랑코가 지휘하는 독일 제1군단에 격퇴당해 일단 진격을 멈추었다. 독일군에 나름 중요했던 이 순간, 독일 8군 사령관인 프리트비츠는 러시아군의 반격으로 1군단이 전멸할 것을 두려워한 나머지 철수를 지시하였다.

실전 경험이 전혀 없는 프리트비츠는 초전의 승리에도 불구하고 상황을 극복할 생각을 전혀 하지 않고 오직 사령관인 몰트케에게 증원군을 보내 달라 요청했다.

스스로 약점을 잡힌 독일에 곧바로 위기가 왔다. 굼비넨 앞까지 진격한 러시아군이 독일 8군을 공격할 수 있는 측방을 차지한 것이다.

프리트비츠는 비스툴라 강 서쪽에서 러시아군을 막아야 한다고 주장했으며 심지어 그곳에 가더라도 러시아군을 막을 수 없을 것이라고 보고해 버렸다.

독일 총참모본부는 예상을 벗어난 러시아군의 조기 등판과 독일 8군의 고전에 크게 당황했다.

몰트케는 프리트비츠의 능력으로는 현지 사수가 불가능하다고 보고 은퇴한 힌덴부르크에게 신임 8군 사령관이 되어 줄 것을 부탁하는 한편, 그를 돕기 위해 서부 전선에서 지휘력을 인정받은 루덴도르프를 8군 참모장으로 임명했다.

독일은 예상과는 다르게 돌아가는 상황에 크게 당황했다. 이에 동프로이센의 일부 영토를 내어 주는 상황까지 생각했지만, 문제는 동프로이센이 통일을 주도하며 독일제국을 창건한 유력자들의 본거지라는 점이었다.

유력자들은 군부에 어떻게 해서든 동프로이센을 사수하도록 압력을 가했다.

한편 러시아 1군과 달리 준비 부족으로 8월 20일이 되어서야 국경을 넘은 2군의 진격은 상당히 더뎠다. 양군 간의 간격이 벌어지지 않도록 협조를 하여야 했지만, 제대로 이루어지지 않고 간극은 계속해서 벌어졌다. 상급자인 북서전선군 사령관 질리스킨도 이에 대해 적절한 조치를 취하지 않고 오로지 공격만 주문했다.

프리트비츠를 대신해서 힌덴부르크와 루덴도르프가 8군에 부임했지만, 현재 상황을 파악하기에도 벅찼다. 그러던 와중에 참모장 대리로 있던 호프만이 현재의 전력만으로 공세를 가하여 러시아 1군과 2군, 즉 러시아 북서전선군 전체를 섬멸할 작전을 제시하였다.

호프만은 1군과 2군의 간격이 수십 킬로미터에 달해 서로 원활한 지원이 불가능한 상황임에도 불구하고 그 간격을 줄이려는 노력을 하지 않는다는 점을 눈여겨보았다.

러시아군의 기동로에 위치한 마주리안 호수 지대 또한 러시아군의 간격을 남북으로 갈라놓고 있었다. 러시아 북서전선군이 대군이지만, 1군과 2군을 각각 떼어 놓고 본다면 전투력이 월등한 독일 8군이 싸워서 이길 수 있다. 그러니 하나씩 각개격파를 하면 된다는 것이 호프만의 생각이었다.

물론 이 작전이 성공하려면 1군과 2군이 협조하지 않아야
한다는 전제가 있어야만 했다.

이러한 조건을 두고도 호프만은 작전의 성공을 확신했다.

독일군이 이렇게 작전을 만들고 분주히 움직이는 동안 러
시아군은 끊임없이 행군했다.

러시아군은 제대로 훈련도 되어 있지 않았으며 무기 공급
도 원활하지 않았는데, 독일과 러시아의 철로 폭이 차이가
남에 따라 철도를 이용할 수 없어서 제대로 된 수송이 불가
능했다. 게다가 당시는 뜨거운 햇볕이 그대로 내리쬐는 8월
이었다. 행군이 더디고 힘든 것은 당연한 일이었다.

교신은 보안이 전혀 유지되지 않아 독일군에 흘러 나가고
있었으며 삼소노프의 2군은 제대로 된 지도도 없이 무작정
서쪽으로 행군할 뿐이었다.

삼소노프는 8월 25일까지 행군하여 졸다우 부근에서 독일
군과 교전을 시작했다. 모든 부분에서 준비가 결여된 러시아
군은 오히려 남하한 독일군에 의해 포위당했다.

독일군의 정확한 야포 사격에 의해서 러시아군은 큰 피해
를 입었고 무너지기 시작했다.

28일, 포위망이 거의 완성되어 러시아 2군이 궤멸 직전에
놓인 상황에서 힌덴부르크는 지나친 신중함으로 러시아 1군
을 우려해 독일군 프랑수아 장군에게 북쪽으로 철수할 것을

명했다.

그러나 프랑수아는 승리의 일보 직전에 있었다. 그는 힌덴부르크가 명령을 번복할 우려가 있다 생각해 명령에 과감히 불복하고 합류하여 30일 저녁 무렵에는 무너지고 있던 러시아 2군을 완벽히 격파한다.

독일군은 러시아 2군에서 포로 6만 명을 생포하는 등 대승리를 거둔다. 그리고 독일군은 1만 5천 명 내외의 희생자를 기록한다.

러시아 1군은 2군이 포위당할 가능성을 충분히 알고 있었고 전령을 보내어 위험을 알렸다. 그리고 2군도 지원을 요청했다. 그러나 순전히 렌넨캄프의 사적 감정 때문에 지원이 이루어지지 않았다. 이에 따라 러시아는 각개격파를 당하는 비참한 상황에 이르고 만다.

여기서 러시아군은 12만 5천 명의 병력 손실을 입고 6만 명이 포로로 잡혔으며, 500문의 대포를 잃는 등 엄청난 손실을 입게 되었다.

사실 렌넨캄프와 삼소노프는 관계가 좋지 않았다.

러일전쟁에서 패한 러시아군 포로들이 본국으로 송환되기 전 당시 기병 여단의 사령관이였던 삼소노프는 렌넨캄프와 마주쳤고 순간 삼소노프는 렌넨캄프의 뺨을 후려쳤다.

이런 추태가 벌어진 이유는 러일전쟁의 격전 중 하나였던 1904년 랴오양 전투의 패전 때문이었다.

당시 삼소노프의 부대는 탄광을 지키고 있었고 렌넨캄프의 부대는 인근에 전개해 있었다. 문제는 삼소노프가 일본군에 포위당해 도움을 요청했을 때, 무슨 이유에서인지 렌넨캄프가 지원을 하지 않았다는 것이었다. 그 결과로 패하게 된 삼소노프는 분노가 극에 달한 상태에서 렌넨캄프와 마주치자마자 주먹을 날린 것이다. 결국 두 사람은 수많은 부하들이 지켜보는 가운데 진흙탕 속에서 격투를 벌였다.

마침 이 장면을 참관무관參觀武官 자격으로 일본군에 파견 나왔던 독일의 호프만이 우연히 보게 되었다. 그 모습을 기억했던 호프만은 렌넨캄프와 삼소노프가 어떤 일이 있어도 돕지 않을 것이라 확신하고 있었고, 그 결과 이처럼 담대한 작전이 성공한다.

렌넨캄프는 마주리 호수에서 패배했다. 렌넨캄프는 군의 명예를 더럽혔다는 이유로 군적 자체를 박탈당했고 삼소노프는 패배가 확실해지자 권총으로 자살하였다.

큰 패배를 경험하게 된 러시아는 영국에서 캐나다 주재관과의 만남을 요청하였다.

"급히 찾으셨다고요?"

"그렇습니다. 사할린을 양도하겠습니다."

"죄송하지만……."

말끝을 흐리는 캐나다의 주재관을 보며 러시아 주재관은 덜컥 겁을 먹었다.

"포기한 것입니까?"

"그것이 아니라……."

"그럼 왜 그러십니까?"

캐나다 주재관은 살짝 뜸을 들이다 말을 이었다.

"그것이…… 2천만 달러만 융통할 수 있다며……."

러시아 인사의 얼굴이 붉어지기 시작했다.

"끄응…… 사정 좀 봐주십시오."

"저도 지시를 받는 입장인지라 다시 보고하면 언제 회신을 받을지 장담할 수가 없습니다."

"부탁합니다."

어렵다는 표정으로 캐나다 인사는 조심히 입을 열었다.

"제가 2천 2백만까지는 어떻게든 해 드리겠습니다. 더 이상은 무립니다."

"알겠습니다. 내일 다시 만나도록 하죠."

다음 날이 돼자 러시아는 2천 2백만 달러의 제안을 수용했고 즉시 캐나다, 영국, 러시아 3국의 재량을 가진 사람들이 모여 러시아의 사할린을 캐나다로 양도한다는 문서를 작성해 서명함으로써 사할린은 캐나다로 양도되었다.

아메리칸
드림

양도 Ⅰ

따르릉.

"여보세요?"

─존 D. 강의 저택 맞습니까?

"그렇습니다. 실례지만 누구십니까?"

─캐나다 정부……입니다. 존 씨 좀 바꿔 주시겠습니까?

"본인입니다."

─좋은 소식이 있어 연락 드렸습니다.

"혹시?"

─맞습니다. 오타와로 한번 오셔야겠습니다.

"알겠습니다. 빠른 시일 내에 방문하죠."

전화를 끊고 대찬은 소리를 질렀다.

"우와아아아아!"

기분이 좋아 방방 뛰는 대찬의 소리를 듣고 길현이 찾아왔다.

"무슨 좋은 일 있느냐?"

"작은아버지, 됐어요!"

"뭐가 말이냐?"

"사할린을 양도받았어요!"

"저, 정말이냐?"

"방금 연락받았어요!"

"우와아아아아!"

두 사람은 얼싸안고 기쁨을 누렸다.

8월 30일 독일은 타우베Taube 항공기를 이용해서 파리를 공습했다. 공중에서 손으로 폭탄을 풀어 낙하시켰는데, 이 폭탄은 시가지에 떨어졌고 파리 시민 두 명이 사망하는 결과를 만들어 냈다.

아직까지 나는 것에만 집중했던 항공 산업은 하늘을 이용해서 새로운 공격 루트를 만들 수 있다는 것을 알게 되는 계기가 되었다.

9월에 들어서자 일본은 산둥반도에 상륙하여 독일의 이권을 빼앗기 위한 전쟁에 돌입했다.

캐나다의 정부 요원은 대찬이 오타와에 도착하자 바로 회담장으로 가길 원하는 눈치였다. 평소보다 많은 인원들과 함께 왔기 때문에 이동 수단이 부족해 차를 수배하는 시간이 조금 더 걸렸지만, 미리 만반의 준비를 하고 있었던지 빠르게 이동할 수 있었다.

한참 차를 타고 이동하니 정부 청사에 도착할 수 있었다.

"어서 오십시오."

기존에 계속 접선했던 햄록은 없었고 사울이 대찬을 맞이했다.

"오랜만입니다."

"네, 좋은 소식은 여전하겠지요?"

혹시라도 다른 말을 할까 봐 오타와까지 오는 동안 불안한 마음이 들었다.

"하하, 자세한 이야기는 들어가서 하시지요."

자리를 이동하자 여러 사람이 앉아 있었다. 간단하게 인사를 나누고 자리에 앉자 진행될 줄 알았던 사할린 이야기는 나오지도 않고 멈췄다. 대찬이 어리둥절해하자 사울이 말을 꺼냈다.

"잠시만 기다려 주십시오."

기다려 달라는 말에 적막한 시간을 잠시 보내자 사람들이 일제히 일어나기 시작했다. 대찬이 얼떨결에 따라서 일어나자 입구 쪽에 서서 자리를 지키던 사람이 입을 열었다.

"총리님 입장하십니다."

'헉!'

대찬이 전혀 생각하지도 못했던 인물이 회의장으로 입장하고 있었다.

총리는 바로 대찬의 앞으로 다가왔다.

"반갑습니다. 캐나다 총리 로버트 보든이라고 합니다."

자신의 이름을 밝히며 보든은 손을 뻗어 악수의 제스처를 취했다.

"아, 네, 반갑습니다. 존 D. 강이라고 합니다."

"하하, 그렇게 긴장하실 것 없습니다."

"하, 하, 그게……."

"동양인은 나이를 가늠할 수 없다고 하더니, 그 말이 사실인 것 같군요. 미국에서 크게 성공한 사업가라고 들었습니다."

"운이 좋았습니다."

"많이 겸손하군요. 궁금했습니다, 큰돈을 번 동양인 사업가가 어떤 사람인지. 뭐, 궁금증을 풀었군요. 앞으로 볼일이 많았으면 합니다."

아메리칸
드림

"네, 만나서 영광이었습니다."

"좋습니다. 그럼 다음에 보도록 하죠."

보든은 회의장을 떠났다. 대찬이 자신도 모르게 이마에 흐른 식은땀을 손수건을 꺼내 닦아 내자 그때부터 본격적으로 회의가 시작되었다.

"먼저 러시아가 사할린을 양도하겠다는 서명을 받았습니다."

대찬은 조용히 고개를 끄덕였다.

"존 씨는 지불할 자금은 어떻게 양도하시겠습니까?"

"가지고 왔습니다."

"네?"

대찬은 뒤에 서 있는 사람에게 손짓하며 가방을 달라 하였다.

쿵.

테이블에 살짝 올려놓은 가방은 제법 무거운 소리를 냈다. 대찬은 곧바로 가방을 열어서 확인시켜 주었다.

"미화로 5천만 달러입니다."

평소보다 수행원이 많았던 이유는 이것 때문이었다. 많은 현금을 챙겨서 오타와로 왔기 때문에 불안한 마음에 평소보다 많은 수행원을 대동한 것이다.

"오!"

주변에 둥글게 앉아 있던 사람들이 많은 돈을 보며 감탄성을 내질렀다.

"확인해 보세요."

사울의 손짓에 천 달러짜리 지폐로 가득한 가방을 캐나다의 인사가 확인했다. 한참을 살펴보더니 맞는다며 고개를 끄덕였다.

"확실하군요. 그렇다면 이제 증명서를 만들어 드리겠습니다."

한쪽에서는 사울의 지시에 토지의 소유권을 증명하는 서류를 만들기 시작했다.

"참, 존 씨에게 한 가지 권하고 싶은 게 있습니다."

"뭔가요?"

"캐나다의 국적도 가지셔야겠습니다."

"캐나다 국적요?"

"그렇습니다. 타국인에게 사할린 전체의 토지를 넘기는 것은 오해의 소지가 크니까요."

캐나다의 국적을 갖는 것은 문제가 되지 않았다.

'나 혼자만 캐나다 국적을 갖게 되면 위험하다!'

대찬은 자신에게 캐나다 재산이 집중되어 있는 상태에서 죽게 된다면 어떠한 수작으로든지 재산을 빼앗길 수 있음을 느꼈다.

"그렇다면 제 가족 전체에게 캐나다의 국적을 주실 수 있나요?"

백 명이 넘는 가족들이 캐나다 국적을 갖게 된다면 재산의 상속에 유리할 것 같았다.

"어렵지 않습니다."

"그리고…… 한인들도 캐나다 시민권을 가질 수 있게 해 주세요."

"한인들까지요?"

"그렇습니다. 사할린에서 세수가 어느 정도 걷힐 거예요."

"저 혼자 결정할 사안이 아닌 것 같습니다."

　광복군과 사할린으로 이주를 할 한인들을 위해서 캐나다의 국적을 갖게 만드는 것은 굉장히 중요한 일이었다.

　한국은 존재하지 않는 나라이니 아직 국내에 거주하고 있는 한인들이 일본인으로 살기를 거부한다면 영락없는 무국적자다. 즉, 어느 나라로부터도 보호를 받을 수 없는 것이다.

　하지만 사할린을 통해 캐나다의 국적을 가질 수 있다면 가깝게는 캐나다, 멀게는 영국으로부터 보호를 받을 수 있다.

"앞으로 사할린을 어떻게 관리하실 겁니까?"

　사할린은 표면적으로는 캐나다의 영토였다.

"캐나다 정부에서 공무원을 파견해야 하지 않을까요?"

"그곳은 전부 존 씨 소유의 땅이기 때문에 굳이 정부에서는 관리할 필요가 없다고 생각합니다."

　대찬은 어떻게 해서든지 설득해서 사할린에 캐나다의 행정력을 갖춰야 했다. 주인이 신경 쓰지 않는 땅이라고 생각한다면 광복군을 노리고 일본이 마음대로 오가며 드잡이질을 할 수도 있었다.

"방법이 없습니까?"

"죄송합니다. 정부에서는 쓸데없는 마찰을 피하고 싶어 합니다."

쓸데없는 마찰이라는 게 일본을 뜻하는 것임을 단박에 알아차릴 수 있었다.

'단물만 빨아먹겠다?'

대찬은 입맛이 썼다.

중요한 것들은 하나도 해결되지 않았고 자잘한 일에 대해서는 금방 해결되어 합의를 마칠 수 있었다.

"여기 영수증과 증명서입니다."

사울이 건네주는 문서를 받으며 상반된 마음을 갖게 되었는데, 기쁜 마음이 반 걱정되는 마음이 나머지 절반을 차지했다.

"감사합니다."

"천만에요."

모든 일을 마무리 짓고 대찬은 다시 샌프란시스코로 향했다. 오는 길에는 돈이 든 가방 때문에 무거웠지만 돌아가는 길에는 걱정 때문에 마음이 무거웠다.

집에 도착하자 바로 한 일은 유언장을 만드는 것이었다.

대찬은 신변의 위협을 시간이 갈수록 크게 느끼고 있었다.

"누가 적이고 아군인지 헷갈려."

명백하게 적이라고 판단되는 일본을 제외한다면, 나머지는 너무나도 판단하기 힘든 줄타기였다.

대찬은 변호사를 불러 유언장을 작성하기 시작했다.

그 모습을 지켜보던 길현은 대찬을 크게 나무랐다.

"젊은 놈이 벌써부터 그런 것을 만들고 그러느냐!"

"작은아버지, 저는 암살의 위협을 느껴요. 그런데 아무런 대책 없이 죽으면 모든 게 산산조각 날 거예요."

"그래도 그렇지. 아직 살날이 창창한데 죽을 걱정부터 해?"

"저 역시 그렇게 생각하고 있어요. 그렇지만 모든 것을 확실히 해 놓지 않으면 한인들 전체가 흔들릴지도 몰라요."

대찬이 아는 역사에는 이 시기에 국제적으로 한인들을 대표하는 사람이 없었다. 그저 동양인 혹은 중국인 그리고 일본인만 있을 뿐이었다.

'한국은 없다.'

혹시 죽더라도 자신을 대신해서 한인을 대표하여 일을 할 수 있는 사람을 만들고 싶었다.

"어휴, 안쓰럽기 그지없구나."

길현은 속상한 듯 한숨만 쉬며 자리를 피했다.

대찬은 뉴욕에 있는 준명에게 연락해 물자들의 반출을 허용해 줬다. 그러자 창고에 있는 물품들이 순식간에 영국으로 대량 수출되기 시작했다.

당사국 중에 한 곳인 러시아가 독일에 패배하자 전쟁의 판도는 삼국협상 쪽에 불리하게 돌아가고 있었다. 승리를 하기 위해서는 보급이 중요한 상황, 대찬은 과감하게 처음 정했던 가격보다 조금 더 올렸다.

'러시아가 패배함으로써 사할린을 더 싸게 샀을 거야. 여우 같은 놈들.'

많이 싸게 샀으면서도 대찬에게 일언반구 한마디도 하지 않았던 캐나다가 너무 괘씸했기 때문에 대찬은 자금을 조금이라도 회수하고 싶었다.

"아, 그런데 생각보다 전투식량이 먹을 만해서 문제야! 될수 있으면 맛없는 거 먹게 하고 싶었는데……. 아무튼 먹고 소문만 크게 나라!"

대찬은 수출하는 물품들에 대해서 자신 있었다.

'4년 동안 뽕을 뽑아야지!'

혼자서 얼마나 벌 수 있을지 가늠하고 있는 동안 손님이 찾아왔다.

"대찬아, 손님 오셨다."

길현이 안내한 손님은 에릭이었다.

"에릭, 오랜만이에요!"

아메리칸
드림

"잘 지내셨습니까?"

"물론이죠. 에릭도 잘 지냈나요?"

"보내 주신 것으로 아직까지 따뜻합니다."

"아니에요. 그때 도와주셔서 감사했어요."

"아닙니다. 저 역시 지시받고 간 것이었습니다. 그나저나 사할린은 잘 마무리되었습니까?"

"덕분에 잘 풀렸습니다."

"다행입니다."

"그런데 이렇게 멀리 찾아오신 이유가 궁금하네요?"

"아, 아직 그 이야기를 안 했군요. 독일이 파리 공습을 한 사건을 알고 계시지요?"

"물론이죠."

"캘리포니아에 있는 존 씨의 회사에 가서 비행기 개발 상황을 파악하고 오라고 명령받았습니다."

공중에서의 폭탄 투하는 세계를 놀라게 한 새로운 전술이었다. 이에 미국 정부에서도 비행기 개발에 대한 현황을 파악하기 위해 적극적으로 노력했다.

"음…… 아직 뚜렷한 성과는 없는 걸로 알고 있어요."

"정부에서 거는 기대가 큽니다."

"저 역시도 기대가 커요."

"그런데 놀라운 분이 있더군요."

"누구를 말씀하시는지?"

"광명 김이라는 분이었습니다."

"아, 그분!"

한인 중에 최초로 비행기를 만들어 날려 신한민보에 기사가 났던 인물이었다.

"아주 자신 있게 말하더군요. 1년 이내에 시제기가 나올 것이라고요."

"그래요? 저한테는 그런 말이 없었는데요."

"하하, 그렇지 않아도 이야기하더군요. 확실해지면 말하려고 미루고 있었답니다."

'어쩐지, 최근에 지출이 크게 늘었더라.'

"정부에서 크게 기대하고 있습니다. 잘 부탁합니다."

"아닙니다. 당연한 거지요."

비행기 이야기가 끝나자 두 사람은 한참 사담을 나눴다. 에릭은 처음 만났을 때와는 달리 제법 말을 재미있게 하는 사람이었다.

"어이쿠, 시간이 많이 늦었군요. 이만 가 봐야겠습니다."

"벌써 시간이 이렇게 됐네요."

"그럼 기회가 된다면 다음에 또 뵙도록 하죠."

"만날 수 있는 자리가 자주 있었으면 좋겠네요."

에릭과 작별 인사를 하고 떠나는 것을 배웅했다. 대찬은 집으로 들어와 에릭과 했던 이야기를 떠올렸다.

-정부에서 나와서 존 씨 밑에서 일을 하겠다면 받아 주실 겁니까?

　-하하, 당연하죠. 국제 정세에도 밝고 정부에서도 일을 자주 맡기는 것을 보니 유능한 분이 확실한데 오시겠다면 꼭 붙잡아야죠.

　탐나는 사람이었다.

　"쩝, 그림의 떡이지."

　독일의 슐리펜의 계획은 최대한 빠르게 프랑스를 몰아쳐서 전쟁을 끝낸 후 동부로 이동하여 러시아를 상대하는 것이 기본적인 내용이었다. 하지만 러시아의 재빠른 동원 소집과 공격으로 처음부터 이 작전은 쓸모없게 되어 버렸다.

　패배의 색이 짙던 상황에서 호프만의 작전을 통해 간신히 승리할 수 있었다. 동부 전선의 상황은 승리로 종료되었고 독일은 기존 계획이었던 프랑스 공격을 서두르게 되었다.

　중립국이었던 벨기에를 손에 넣어 크게 우회한 뒤 서진하는 군사와 함께 프랑스군에 협격을 가해 궤멸시키는 것이 독일의 계획이자 목표였다.

　독일군의 남하 속도는 상상 이상이었고 상대는 독일의 전력에 대해서 과소평가했다.

슐리펜 계획에 따른 전격전과 전력에 대해서 전혀 예상치 못한 프랑스는 일패도지를 거듭했다.

파리가 함몰 직전에 몰리자 프랑스 정부는 황급히 전략에 밝은 참모부의 조프르를 발탁해 사령관에 임명했다.

조프르는 현지에 부임하자마자 전군을 로마 시대 이래 최고의 요새로 손꼽히는 베르됭과 파리 사이로 후퇴시켰다. 전열을 가다듬어 반격을 개시한다는 복안이었다.

조프르가 이끄는 프랑스군은 계획적으로 후퇴를 계속했고 프랑스군 서쪽에 있던 영국군 네 개 군단도 함께 퇴각을 계속했다.

그러나 후퇴하는 동안에도 연합군의 후미는 추격하는 독일군의 포화에 상당한 손해를 입었다.

프랑스 군대는 수일에 거쳐서 마른 강 남부까지 후퇴하느라 탈진 상태였다. 하지만 조프르는 대대적인 역습을 감행하기로 결정했다.

벨기에를 손에 넣은 독일의 우익은 파리를 향해 하루에 약 40킬로미터에 달하는 거리를 돌파하는 강행군을 계속하는 바람에 휴식을 제대로 취하지 못했다. 보급도 원활하지 못했다. 그래서 마른 강변에 도착할 무렵에는 이미 기진맥진해 있었다.

조프르는 이를 간파했다. 지구전을 펼 경우 승산이 있다고 봤던 것이다. 전격적으로 진격해 오는 독일군도 필시 지쳤을 것이라는 판단과 확신이 있었기에 이 부분에 대해서는 걱정하지 않았다.

그렇게 치열한 공방전이 오갔고 어느 순간 프랑스는 방어에서 공세로 전환했다. 영국군이 합류하였던 것이다.

프랑스는 영업 중이던 택시를 징발하여 군인들을 편하게 전선으로 이동할 수 있게 했다. 체력을 보존하여 지구전의 양상으로 끌고 나갈 준비를 한 것이다.

영국군과 프랑스군이 계속 후퇴하리라 믿고 있던 독일군은 당황했다.

연합군의 총반격을 받은 독일군 1군과 2군은 병력 부족으로 연락이 끊겨 그 간격이 50킬로미터까지 벌어지고 말았다. 이는 독일의 참모총장 몰트케의 명령으로 2개 사단 병력이 전선에서 빠져 타넨베르크 전투를 지원하기 위해 동쪽으로 이동을 시작한 후였기 때문이다.

이 사실을 정찰을 통해서 조프르는 인지하고 있었다.

이때 룩셈부르크에 있던 독일군의 참모 본부에서 정보참모 헨츄 중령을 참모총장의 대리로 마른 전선에 파견했다. 그는 1군과 2군 사이에 50킬로미터나 간격이 생긴 것을 무척 위험하게 보았다. 1, 2군 사이의 공간에 적군이 들이닥친다면 연락이 끊겨 무척 위험한 상황으로 발전할 것을 우려하였다.

그는 뷜로우의 제2군 사령부에 대해 이 상황을 설명하고 만일 1군과 2군 사이에 적군이 돌입한다면 곧 철수할 것을 권고했다.

그러고 나서 이튿날 헨츄는 제1군 사령부를 찾아가 적의 대부대가 이 공간에 돌입한다면 2군은 퇴각할 것이며, 아마 지금쯤은 퇴각 중일 것이라고 말했다.

이에 1군 사령관 클루크는 승전 직전에 있던 마른 강변 전투를 중지시키고 오후 2시 후퇴를 명령했다.

사실 2군은 정오에 퇴각했다. 그것은 적의 보병 부대가 대규모로 그 공간을 향해 돌입해 온다는, 정찰기로부터의 보고를 받았기 때문이다.

그러나 이 정찰기가 발견한 것은 전진하는 줄도 모르고 이 공간에 들어온 영국군 군단으로서, 그들은 별로 이 공간에 진입해야겠다는 목표가 있는 게 아니었다. 하지만 제2군 사령관 뷜로우는 이것이 적군의 의식적인 행동이라 판단했던 것이다.

결국 독일의 1군과 2군의 퇴각은 연이어 3, 4, 5군의 퇴각을 불가피하게 했다.

이리하여 9월 11일 서부 전선의 독일군 7개 군 중 우익의 5개 군은 엔 강까지 철수하고 말았다.

엔 강까지 후퇴하는 동안에 협상국의 군대들은 독일군을 추격하지 않았는데, 이들 군대도 상당히 지쳤기 때문이다.

아메리칸
드림

각 군들은 서로 참호를 파고 대기하기 시작했다. 이후로 하루에 약 5천 명씩 사상자가 났고 지루한 참호전이 시작되었다.

자신의 판단으로 제1군과 제2군의 철수를 건의하면서 패배를 부른 헨츄 중령은 권총으로 자살하였고 참모총장 몰트케는 직위 해제되었다.

영국군 막사.

"잭, 이거 알아?"

"아니, 이게 뭔데?"

"이런 우매한 자를 보았나. 이게 그 유명한 전투식량이라는 거야!"

"전투식량?"

"동기 좋다는 게 뭐냐, 한번 먹어 봐."

열기 쉽게 원터치로 만들어진 캔의 손잡이를 잡고 당기자 꽉 찬 내용물이 나왔다.

"이게 뭐야?"

"이탈리아 음식이라던데, 리조또가? 맛있더라고. 먹어 봐."

도구가 없어 손으로 떠서 한입 먹어 본 잭의 눈이 커지기 시작했다.

"맛있지?"

잭은 답도 하지 않고 허겁지겁 먹어 댔다.

"그것보다 이게 더 중요해!"

"뭔데?"

"과일!"

여러 개의 통조림을 까서 나눠 먹기 시작했다.

"우와!"

감탄하며 과일을 먹었다. 평소에 접하기 쉽지 않은 열대지방의 과일들이 통조림으로 만들어져서 공급되자, 새로운 맛에 눈을 뜬 군인들은 열광했다. 설탕에 절여서 밀봉하였기 때문에 맛도 뛰어났다.

간편하게 먹을 수 있는 전투식량은 입소문이 나기 시작하며 선풍적인 인기를 끌었다.

대찬은 사할린과 교통을 연결하기 위해 고민하고 있었다.

'쇄빙선……'

겨울이 되면 바다가 얼어 버리는 사할린을 위해 얼음을 뚫고 항해할 수 있는 쇄빙선이 필요했다.

초기 쇄빙선은 북극 탐험의 역사와 함께 탄생했다. 하지만 초기 북극 탐험 시기의 쇄빙선은 얼음을 깨고 항로를 개척하는 것이 아니라 빙산 및 유빙의 충격으로부터 배를 보호할 수 있는 내빙선 수준이었다.

1800년대 초중반 북극 항해를 위해 사용된 쇄빙선은 동일하였으나 유빙과 마찰이 심한 외판을 두 겹으로 제작한 다음 철판을 둘러 강도를 높이거나, 선수, 선미 및 용골을 철판으로 제작하여 얼음이 부딪칠 때 생기는 충격과 압력을 견딜수 있도록 제작되었다.

증기 엔진을 장착한 최초의 쇄빙선은 1864년 제작된 파일럿으로 북극 탐험을 했으며 스칸디나비아반도의 여러 나라를 항해했다. 그리고 러시아에서는 발트 해 및 북극해를 따라 형성된 북극 항로를 통해 물자를 수송하고 자원을 개발하는 데 쇄빙선을 이용하였다.

'쇄빙선만 있으면 이동이 자유로워진다.'

사할린과 북미 지역의 교통은 대찬의 가장 큰 관심이었다.

'해운 회사가 있으니 쇄빙선을 구매해 버려?'

이동 수단은 반드시 필요했다. 그렇지만 러시아가 선뜻 쇄빙선을 팔 것 같지 않았다. 러시아의 대해對海 정책에 아주 중요한 일이기 때문이다.

'결국 만들어야 한다는 이야기인데…….'

배를 만드는 거야 조선소를 만들고 건조하면 된다. 하지만 배의 특수성이 문제였다.

'군수산업에 속할 것 같다는 게 문제야!'

여객선을 만들기도 하지만 군함을 만들 수도 있기 때문에 대찬 혼자서는 절대 사업체를 진행할 수 없었다. 진행한다고 하더라도 정부에서 허가를 해 줄지 의문이었다.

'결국 존과 함께 진행해야 한다는 건데…….'

딸칵.

수화기를 들었다.

'아니야, 좀 더 생각해 보자, 다른 방법이 없는지.'

영국에 수출되었던 모든 물자들은 반응이 좋았다. 가장 반응이 좋았던 것은 침낭과 전투식량이었다.

"아, 글쎄 그 가격으로는 안 된다니까요."

"준명, 저번에는 그 가격으로 공급해 주지 않았습니까?"

"우리도 물건이 부족해요. 지금 공급해 달라고 하는 곳이 한두 군데인지 아세요?"

준명은 한창 실랑이 중이었다. 전장에서 인기를 끌게 되자 각국에서 주문이 쏟아져 왔기 때문이다. 처음에는 행복한 비명을 질렀지만 물량 수급이 어려워 지금은 고통의 비명을 질렀다.

"그래도 이렇게 가격을 올리는 것은……."

"다른 국가들 가격표 보여 드려요? 자, 자, 보세요!"

준명이 보여 준 가격표에는 영국에 공급되는 가격보다 명확히 비싸게 책정되어 있었다.

"그리고 이번에 가져가시면 약속된 금액이 끝나기도 하

고, 형평성 때문에 더 이상 싸게 드릴 수 없어요."

영국인은 얼굴이 붉어지며 콧김을 크게 냈다.

"어떻게 우리에게 이럴 수 있습니까?"

"회사에서 방침이 이렇게 내려온 걸 제가 무슨 수로 바꿔요? 어휴, 제발 저 좀 살려 주세요."

화가 나서 씩씩거리던 백인은 준명의 살려 달라는 말에 올라오는 화가 가라앉아 버렸다. 진심으로 도와 달라고 하는 것이 느껴졌기 때문이다.

"일단 본국에 보고해 보겠습니다. 대신! 우리에게 제일 먼저 물건을 확보해 주세요."

"네, 네, 꼭! 약속해 드릴게요."

하루에도 몇 번씩 각국의 주재관들이 와서 들들 볶아 대는 통에 준명은 죽을 맛이었다. 소문이 얼마나 무서운지 영국을 통해서 프랑스가 찾아왔고, 러시아가 패배한 후에 물자 지원에 전투식량이 따라간 걸 시작으로 러시아에서도 찾아왔다. 캐나다는 대영제국의 일원으로 전쟁에 참가했는데 캘리포니아에서 직접 공수해 가는 열정까지 보였다.

"준명!"

누군가 또 준명을 찾자 퀭해진 눈은 한층 더 빛을 잃었다.

"세르비아!"

"잠깐!"

이대로는 죽을 것 같은 마음에 준명은 대찬에게 편지를 썼다.

긴급! 물건 대량 확보 요망, 인력 증원 요청.

부하 직원을 시켜 편지를 보내게 한 준명은 또 다른 손님을 만나기 위해 분주히 움직였다.

♣

명환은 하와이로 돌아가 순영과 혼인을 했다. 그러자 몇 가지 변화가 생겼는데, 주변에선 더 이상 명환을 어린아이 취급하지 않았다.

"오빠!"

순이가 헐레벌떡 뛰어와 명환을 찾았다.

"왜 찾느냐?"

근엄하게 말하는 명환의 모습에 순이의 눈이 가늘어졌다.

"안 어울리니까 그만하지?"

"아 씨, 글지? 나도 어색해 죽겠다, 어휴."

"하하, 오빠, 오빠! 낚시 가지 않을래?"

"낚시?"

명환의 눈이 원을 그리며 굴러갔다.

"공부해야 하는데……."

명환은 혼인을 하면서부터 대학교를 가겠다는 목적하에 열심히 공부 중이었다.

"잠깐 갔다 온다고 큰일 나겠어? 같이 가자! 응?"

계속해서 눈을 굴리던 명환은 이내 고개를 끄덕였다.

"그러자, 마침 찬거리도 필요하고……."

두 사람은 자주 가던 얕은 절벽으로 낚시를 하기 위해 움직였다.

대나무로 만들어진 낚싯대에 미끼를 달고 던지고 나자 시원한 바닷바람이 살랑살랑 불어왔다.

"오빠, 퀴즈 할래?"

"퀴즈? 그래, 좋아. 나부터 낼게."

"응!"

생각을 잠시 하던 명환은 문제를 냈다.

"자, 이것은 무엇일까요? 남자한테 달려 있습니다. 걸을 때 흔들리고 보통 때는 축 늘어져 있습니다. 마지막으로 앞쪽이 굵습니다. 이것은 무엇일까요?"

"남자한테 달려 있고 걸을 때 흔들리며 축 늘어져 있고 앞쪽이 굵단 말이지?"

순이는 힌트대로 남자의 한가운데를 생각했다.

"어…… 회중시계?"

"땡!"

"아니야? 그럼 뭐야?"

"넥타이."

"에이, 뭐야! 평소에 넥타이는 안 흔들리잖아!"

"왜 안 흔들려?"

"조끼가 감싸고 있잖아. 이 문제는 반칙. 다시!"

순이의 입이 댓 발 나온 것을 보고 명환은 문제를 다시 냈다.

"껍데기를 벗기면 길고 딱딱한 게 드러나지요. 만지면 물이 나와요. 밑에는 복슬복슬한 털도 있고 먹을 수도 있지요. 이것은 무엇일까요?"

"하하, 이건 정말 쉽네!"

"뭔데?"

"옥수수!"

"정답."

순이는 만족한 웃음을 지었다.

"이번에는 내 차례지? 문제 낸다. 들어갈 때는 딱딱하고 나올 때 물렁물렁한 것은?"

"뭐야, 그게 다야?"

"응!"

두 사람은 한참을 즐겁게 시간을 보냈다.

일본은 영국의 요청으로 선전포고를 하면서 전쟁에 개입했다. 실상 영국은 아시아에서 독일 무장상선을 수색하는 것에 한정해 일본의 참전을 요구했지만, 일본은 영국의 제한적 참전 요구를 뛰어넘어 전면 참전한다고 전했다. 이윽고 영국이 참전 의뢰를 취소했음에도 불구하고 일본은 영일동맹을 근거로 참전했다.

이때 일본의 원로 이노우에 가로우井上馨는 다음과 같이 말했다.

"이번 유럽에서 일어난 전쟁은 그야말로 국내외 문제를 한 번에 해결할 수 있는 천재일우의 기회다. 우리는 즉시 거국일치하여 단결하고 당쟁을 중지해야 하며, 동양에 대한 일본의 권리를 확립하고 이를 배경으로 중국 정부를 회유해야 한다."

일본의 지도층은 전쟁이 단시일에 끝날 것을 예상하고 중국 및 만주와 몽골의 이권을 쟁취하는 것을 목표로 삼았다.

한국은 이미 병탄하여 식민 지배하고 있었으니 논외였고 세계대전의 참전을 빌미로 세력 확장을 주도적으로 이끌어나갔다.

일본은 독일의 이권을 뺏어 오는 일에 집중했다. 먼저 독일의 조차지가 있는 칭다오를 전투로 뺏었고 적도 근처의 여러 섬들도 점령했다.

원만하게 합의를 보았던 사할린의 캐나다 양도는 러시아

에서 공식적으로 캐나다에 양도하였다고 공표하며 알려졌다. 세상의 눈은 순간적으로 사할린으로 쏟아지게 되었다. 물론 전쟁의 포화성에 집중을 하고 있었기에 유야무야 넘어갔다. 하지만 단 한 곳은 끊임없이 집중하고 있었다.

"칙쇼!"

조선총독부에서 이 소식을 전해 들은 데라우치는 분노하고 있었다.

"이 보고서, 믿어도 되는 거야?"

"하! 그렇습니다."

"사할린으로 이동했다고? 하필이면 이 시기에?"

"정찰에 의하면 러시아에 있던 조선인들이 죄다 이주했다고 합니다."

"그런데 사할린은 왜 캐나다의 영토가 되냔 말이야!"

쿵!

데라우치는 화를 참지 못하고 책상을 내려쳤다.

전쟁이 발발하면서 데라우치는 쉽게 광복군을 없애 버릴 수 있다고 마음 놓고 있었다. 하지만 전쟁이 나기 얼마 전부터 조금씩 이상한 기미를 보이더니, 지금은 사할린의 깊숙한 곳으로 숨어 버렸다.

"쯧, 이제는 손을 쓸려야 쓸 수 없게 되어 버렸어."

캐나다는 대영제국의 일원이므로 캐나다의 영토가 되어 버린 사할린에 군대를 진군한다는 것은 대영제국에 선전포고를 하는 것이 된다.

"지금부터는 일이 이 지경으로 된 이유를 알아내라, 무슨 수를 써서라도 기필코 알아내야 한다. 알겠나?"

"하!"

"……됐어요?"

"네, 도련님."

대찬은 오랜만에 철영을 만날 수 있었다. 사업체 운영에 도움을 주는 철영은 너무나 바빠서 대찬이 만나기도 힘든 사람이었다.

"다행이네요, 늦지 않아서. 그런데 쓸 만한 사람은 있나요?"

"아직 부족합니다."

철영의 표정은 굉장히 좋지 않았다. 인재가 부족해 굉장히 목마른 상황이었지만, 흡족하게 성과를 보이는 인재가 없었기 때문이다.

"어휴, 업무가 너무 많아요. 특히 형이."

"괜찮습니다."

말은 괜찮다고 했지만 눈 밑에는 검은 그림자가 잔뜩 자리하고 있었다.

"형, 오늘부터 10일간 무슨 일이 있어도 쉬어요."

"그게……."

"부탁하면 듣지 않으니 명령이에요. 꼭! 무슨 일이 있어도 쉬어요."

"하지만 일이……."

"무조건 쉬어요!"

대찬은 강하게 쉴 것을 권했다.

'끔찍한 생각이지만, 철영이 형마저 없으면…….'

"……알겠습니다."

철영은 꾸벅 인사를 하고 돌아갔다.

"완성됐다."

대찬은 주먹을 쥐며 만족감을 느꼈다.

똑똑똑.

"들어오세요."

짙은 색의 신사복을 입은 사내가 들어왔다.

"존!"

"스미스 씨!"

대찬은 자리에서 일어나 스미스를 반겼다.

"만나기 너무 힘든 거 아니야?"

"하하, 미안해요."

두 사람은 한참 동안이나 근황에 대해서 이야기를 나누었다. 하와이에서부터 시작된 두 사람의 인연은 수다스럽게 만드는 재주가 있었다.

"정말요?"

"그렇다니까! 그래서 내가 가서 물었지, 혹시 결혼하셨나요?"

"그랬더니요?"

"'반쯤 결혼한 거나 다름없어요.'라고 말하더라고. 어찌나 매섭게 쳐다보던지, 하하."

"하하하."

"그렇게 있는데 아는 얼굴이 막 뛰어오는 거야. 존의 동생들이었어. 나를 보며 오는 건 줄 알았는데, 딱 앞에 서서 '형수'라고 부르는 거야. 아차 싶더라고."

"그런 일이 있었어요?"

"정말 당황했었어. 그런데 능력도 좋아, 어떻게 만난 거야?"

스미스는 엠마가 마음에 들어 적극적으로 다가갔다가 대찬의 혼인 상대자라는 것을 알고 당황했던 이야기를 했다.

"잘 지내던가요?"

"동생들이 잘 따르던데. 그런데 정말 안 가르쳐 줄 거야?"

"아, 소개받았어요."

"소개?"

"어쩌다 보니 그렇게 됐어요."

"그래? 나도 그런 미인 좀 소개해 주지 않겠어?"

"그게……."

"하하, 너무 당황하는 것 아니야?"

"주변에 여자라고는 엄마와 동생, 엠마밖에 없어요."

대찬이 곤란한 표정을 짓자 스미스는 크게 웃었다.

"하하, 너무 재밌어."

"어휴……."

스미스가 계속 놀렸다는 것을 알게 되자 대찬은 한숨이 저절로 나왔다.

"급하게 보자고 명환에게 전했다면서요?"

"아, 그 일! 이번에 냉장고를 개량하는 데 성공했거든!"

"정말요?"

"냄새는 많이 줄었고 공장에서 대량생산할 수 있게 개량했어."

"혹시 가져왔어요?"

"그럼!"

"빨리 가서 봐요."

호기심이 동한 대찬은 스미스를 재촉했다.

"우와!"

냉장고의 외형은 전에 대찬이 조언한 대로 현대적인 모습으로 만들어져 있었다. 단지 개폐할 수 있는 문이 하나밖에 없었는데, 기술력 부족으로 냉장만 하거나 냉동만 할 수 있었기 때문이다.

"정말 대량생산이 가능해요?"

"몇 가지 손이 많이 가는 부분을 제외한다면 충분히 많은 숫자를 만들 수 있을 것 같아."

"당장 공장을 만들죠."

"물론이지. 그리고 또 하나 보여 줄 게 있어."

"뭔데요?"

"이거."

한쪽으로 가서 원통으로 된 물건을 보여 줬다.

"이게 뭐예요?"

"세탁기."

"그거는 원래 있잖아요? 설마?"

"역시 존은 예상할 줄 알았어! 여기에 모터를 달았어. 그래서 빨래도 가능하고 구조만 조금 변형하면 탈수기로도 만들 수 있어!"

기존에 대찬이 보았던 세탁기는 사람이 직접 손잡이를 잡고 통을 돌려야 하는 것이었다.

'왜 이 생각을 못 했지?'

사소한 것들조차 관심 있게 보았다면 돈이 될 것투성이라는 것을 새삼 깨달았다.

'그렇다면……'

"스미스 씨, 선풍기 알죠?"

"물론이지. 그것도 대량생산하려고?"

"아니요. 그것보다 선풍기는 뒤의 공기를 앞으로 밀어내는 거잖아요."

"그렇지."

"그럼 뒤에 물건이 있으면 그것도 잡아당길 것 아니에요?"

"심심해서 장난쳐 본 적이 있는데, 확실히 뒤쪽의 가벼운 물체를 잡아당겨."

"그럼 거꾸로 뒤집으면 먼지 같은 것은 쉽게 잡아당기겠네요?"

"그렇다고 봐야겠지?"

"그러면은 뒤집어서 밀봉된 곳에 잡아당기면 먼지 같은 것은 간단하게 청소도 할 수 있겠네요?"

"어라……"

스미스는 순간 얼어붙었다.

"역시 존은 나의 뮤즈야! 빨리 하와이로 돌아가야겠어!"

"스미스 씨, 돌아가는 것보다 여기에 정착하는 게 어때요?"

"여기에?"

"공장도 만들어야 하는데 방법을 아는 사람은 스미스 씨밖에 없고, 소개해 줄 사람이 있어요."

소개라는 말에 스미스의 눈이 빛나기 시작했다.

"여자?"

"아, 아니요."

"에이…… 그래도 일단 하와이는 갔다 와야 될 것 같아. 중요한 물건들을 챙겨서 돌아올게."

"알겠어요. 그럼 언제 가실 거예요?"

"지금!"

스미스는 급하다는 듯이 대찬의 저택을 빠져나갔다.

양도 II

　사할린의 양도 소식이 캐나다를 강타했다. 전쟁에 대한 참여도 금방 끝나는 것이니 모험하러 간다는 의식이 강했는데, 사할린도 캐나다의 남성들의 모험심을 자극했다. 심지어 신문에도 모험을 자극하는 기사들이 실리기 시작했는데, 알래스카의 예를 들며 황금의 땅이 될 수도 있다는 예측이 줄을 이었다.

　"탐험을 떠나자!"

　캐나다 남성들은 사할린으로 가기 위한 방법을 찾기 시작했다.

　상황이 이렇게 변하자 난감한 것은 캐나다 정부였다. 사할린의 모든 땅은 소유주가 한 명이고 양도받았다 할지라도 시간이 지나 한국이 독립한 후에는 영토를 다시 양도해 주기로 계약이 되어 있다. 그 때문에 딱히 관리할 생각이 없었는데, 캐나다 사람들이 사할린으로 넘어간다면 국민의 보호와 안전을 위해서 관리를 해야 되는 것이다.

갑자기 일어난 사할린 탐험의 붐. 정부에서 신문사에 거론하지 말아 달라 부탁했지만, 이미 입소문이 나기 시작한 것을 정부의 힘으로 막을 수는 없었다.

동부에 집중되어 있던 인구 중 적지 않은 숫자가 서쪽으로 이동하기 시작했다.

"사할린을 개척하자!"

"황금을 찾자!"

시간이 갈수록 서부로 이동하는 사람들이 많아져만 갔다.

대찬은 캐나다에서 일어난 소식에 새로운 기회가 될 것이라고 느꼈다.

"길이 보이기 시작한다."

쇄빙선을 만들 수 있는 방법을 찾던 중이라 이 상황을 잘만 이용한다면 캐나다에서 조선업을 할 수 있을 거라는 생각이 들었다.

"표면적으로 사할린은 캐나다의 영토, 사람들이 이동하고자 한다면 캐나다 정부는 무조건 나설 수밖에 없다!"

사람들이 사할린으로 이주해서 정착하려 한다면 대찬은

무상으로 땅을 지원해 줄 용의도 있었다.

"그렇게 된다면 광복군은 제대로 된 방패를 얻게 된다."

여러모로 상황이 긍정적으로 흘러가자 기분이 좋았다.

"빨리 연락 와라."

대찬은 캐나다 정부에서 연락이 올 것을 예측했다.

캐나다의 최대 약점은 인구수가 적다는 것이었다. 인구수
가 적어서인지 모르겠지만 록펠러나 모건같이 무지막지한
자금을 가진 사업가가 딱히 없었다. 하지만 지금은 존 D. 강
이라는 뛰어난 자금력이 있는 사업가가 캐나다 국적을 소유
하고 있었다.

"그 사업가가 사할린을 소유하고 있다."

♣

승리를 한 번씩 주고받은 양 진영은 참호를 파고 자리를
견고히 지키기 시작했다. 하지만 그렇다고 해서 전투가 없는
것은 아니었고 주로 소규모 전투가 났는데, 여러 군데에서
전투가 일어나 전선만 소강상태였고 전투는 활발하게 일어
났다.

상황이 이렇게 되자 대찬의 회사는 반사적으로 많은 수익
을 올릴 수 있게 되었다. 간편하고 맛도 괜찮은 전투식량이
전선으로 보급되기 시작했던 것이다. 미리 보급 분야에서 앞

선 개발을 했기에 다른 국가나 기업 들이 개발하기 전까지 계속해서 특수를 누릴 수밖에 없었다.

"헉, 이렇게 많아?"

기존에 평균적으로 들어오던 수입에서 약 세 배 정도 이익금이 늘어났다. 아직 물량의 공급이 원활하지 않은 상태에서 이 정도니 공급이 안정적으로 변한다면 얼마나 많은 수익이 생길지 상상이 되지 않았다.

"벌어도 너무 많이 버네."

몇 달 만에 사할린 구입에 들어간 비용이 충당되었다.

"전쟁 특수가 상당히 무섭네. 좋은 방향으로 소비를 좀 해야겠는데."

이때만큼은 미국이 참전하지 않고 중립을 선언한 것이 안타까웠다. 퇴역 군인들을 상대로 지원을 할 수 있다면 좋겠다는 생각이 들었기 때문이다.

"미운털 박히지 않으려면 선행이 필요해."

미래였다면 남들의 눈을 의식한 행동을 하지 않고 원하는 만큼 기부를 하거나 선행을 했을 것이다. 그렇지만 미국으로 이주한 한인들을 위해서 대외적으로 홍보 효과가 있는 것들을 찾기 시작했던 것이 실효를 거두었고 불안한 마음이 많아진 지금은 지지하는 사람들이 최대한 많아지기를 원했다.

"방법이 없을까?"

지지를 얻기 위한 방법을 생각하기 시작했다.

아메리칸
드림

"전쟁 참전을 하지 않았으니 퇴역 군인들을 지원해 줄 수도 없고. 군인?"

미국은 현재 멕시코 베라크루스를 점령하고 있었다.

"약간의 소요가 있다고 들었는데 거기를 지원해 줘야겠다. 그리고 민주당에 지원을 조금 더 늘려야겠다."

다음 대통령이 누군지는 알 수 없었으나 전쟁이라는 특수한 상황이 벌어졌으므로 현 대통령 우드로 윌슨이 연임할 것이라는 예측을 할 수 있었다.

"그런데 공화당으로 대통령이 바뀌면 어떡하지?"

여전히 공화당에도 꾸준히 지원을 하고 있었지만, 이상하게 공화당에는 별다른 인연이 생기지 않고 있었다.

"이왕이면 두루두루 친하게 지내는 것이 좋은데, 좀 아쉽네."

생각을 정하고 서류를 정리하던 중에 전화기가 울렸다.

따르릉.

"여보세요?"

-날세.

"……네."

-잘 지내고 있는가?

"네, 뭐, 그럭저럭 괜찮아요."

-아직도 섭섭한 마음이 있는가 보구먼.

"……."

─이해하고 있다네. 그렇지만 자네도 알아야 될 게 있는데. 나 역시 일개 사업가일 뿐이야.

  대찬은 존이 말하고자 하는 바를 알고 있었다. 하지만 가장 가까운 사람의 외면은 대찬에게는 굉장히 서러운 마음을 갖게 했었다.

  '이제 풀어야 할 때가 됐나?'

  스스로 질문을 해 보며 날짜를 헤아려 보았다.

  "그냥, 그때, 그랬어요."

  여러모로 복잡한 생각에 괜스레 말을 얼버무렸다.

  ─미안하네.

  존의 미안해하는 마음이 느껴지자 대찬은 섭섭했던 마음이 조금은 사그라지는 것을 느꼈다.

  "괜찮아요. 이미 지나간 일인데요. 그런데 무슨 일로 전화하셨어요?"

  ─아, 그게, 전투식량 말일세.

  "전투식량요? 그게 왜요?"

  ─여기저기서 연락이 오는구먼.

  존이 말에 어느 정도 감이 왔다.

  "수출량을 늘려 달라고 하던가요?"

  ─맞네. 방법이 없는가?

  "그게……."

  전투식량은 캘리포니아에 비축 물량을 쌓아 두었다. 어떻게 변할지 모르는 상황에서 생산되는 즉시 수출해 버리자니 돌발 상황에 대처할 수 없을 것 같았기에 긴급한 일이 생기면 대처할 수 있게 만반의 준비를 해 놓고 있었다.

공장을 늘리는 것은 쉬운 일이었으나 내용물인 식자재는 일정한 시간이 지나기 전까지는 수급할 수 없으니 공장을 늘리는 일은 하나 마나였다. 결국 농장을 더 늘리는 일을 시작했지만, 증산은 농작물을 출하하는 시기, 즉 해가 바뀐 뒤에나 가능했다.

-어려운가 보구먼.

"저도 많이 벌 수 있는 상황에서 최대한 많이 팔 수 있으면 좋겠어요. 그런데 상황이 불가능해요."

-그럼 패키지로만 팔지 말고 넉넉한 것만 낱개로 판매하는 것은 어떤가?

"낱개로요?"

-그 옥수수나 콩 그리고 과일 같은 것은 남는 것들이 있다고 들었는데 맞나?

대찬은 존의 이야기를 듣고 서류를 뒤적거렸다. 서류에는 확실히 수량이 많은 것들이 있었다.

"맞아요. 다른 상품을 만들 때도 필요하기 때문에 생산을 많이 해요."

-다른 것은 모르겠지만, 특히 과일은 낱개로 팔아도 경쟁력이 있을 테니 수출을 고려해 보게.

몇 가지 과일들을 생각해 보자, 관리만 제대로 한다면 1년 내내 생산이 가능한 것들이 몇 개 떠올랐다.

"알겠어요."

—고맙네. 그런데 엠마는 잘 지내나?

"아, 지금 하와이에 가 있어요."

—하와이?

"저와 결혼하는 것이니 우리 민족의 문화를 알아야지요."

수화기 너머로 웃음을 참는 것 같은 소리가 들렸다.

—암, 그렇고말고.

"그리고 제가 물어볼 게 있는데요."

—뭔가?

"혹시 사할린에 투자하실 생각 없으세요?"

—사할린? 아무것도 없는 곳에 투자할 게 있는가?

"모르죠. 다만 백 년 뒤에는 지금의 수백, 수천 배 이상 가격이 비싸질 거라는 것밖에요."

—무슨 생각이지는 모르겠지만, 얼마나 투자하면 되는가?

"한 장!"

—좋아, 대신에 전에 묵은 감정은 깔끔하게 잊기로 하세.

"우리가 그런 감정이 있었던가요?"

—없지, 없어! 하하!

"그럼 조만간에 한번 만나 뵙도록 하죠."

—좋아, 그럼 그때 보도록 하세.

전화를 끊고 대찬은 존에게 넘길 땅으로 일본과 맞닿는 사할린 남쪽을 생각했다. 존이 그곳을 소유하면 1차적으로는 캐나다의 이름으로, 다음으로 미국과 록펠러의 이름으로 방어막이 되어 줄 것이다.

"한 10분의 1만 넘기면 되겠지?"

대찬은 그 땅을 엠마의 지참금으로 다시 받아 낼 생각을 하고 있었다.

"흐흐흐."

　　　　　　　　　🎩

캘리포니아의 달라진 점은 추수감사절이라는 미국의 명절과 다르게 한인들의 추석이 자리를 잡았다는 것이었다.

처음에는 어리둥절해하던 미국인들이었지만 오히려 설날과 마찬가지로 추수감사절을 두 번이나 한다는 사실에 엄청나게 만족했다. 그래서 한인 기업들의 쉬는 날을 적극적으로 지지하며 추석을 즐겼다.

샌프란시스코에 마련된 모래판에는 덩치 좋은 사람들이 줄을 지어 대기했는데, 씨름 대회에 참가한 사람들이었다.

"제이콥, 꼭 이겨야 돼!"

한복을 입은 한인 사내는 웃통을 벗고 샅바를 맨 백인 사내의 등을 마사지해 주며 이길 것을 종용했다.

"걱정하지 마, 무조건 내가 우승할 거야!"

제이콥은 우승을 자신하며 모래판의 한가운데로 향했다. 상대로 나온 선수는 제이콥만큼이나 등치 좋은 흑인 사내였다.

"양 선수 인사."

심판은 마주 보고 선 두 사람에게 서로 인사할 것을 요구했다.

"무릎 앉아."

무릎을 꿇고 앉은 두 사람은 서로의 샅바에 손을 끼워 넣기 시작했다. 서로 유리하게 샅바를 잡기 위한 신경전이 대단했다.

"일어서!"

두 사람은 샅바를 잡은 채로 일어났다.

"시작!"

심판이 구령과 함께 두 사람의 등짝을 치자 경기가 시작됐다.

두 사람은 서로 쓰러뜨리기 위해 안간힘을 썼고 징과 꽹과리 소리가 급박한 상황을 소리로 설명해 주었다.

흑인 선수가 특유의 탄력으로 살짝 반동을 주며 배지기로 공격했다. 순간적으로 공격이 들어왔지만 제이콥은 이제까지 열심히 연습했기에 당황하지 않고 호미걸이를 시전했다.

징과 꽹과리는 제이콥의 공격을 응원하는 듯 요란하게 울려 댔고 배지기로 균형이 쏠려 있던 흑인 선수는 버텨 내지 못하고 뒤로 넘어갔다.

"우와아아아!"

제이콥은 승리의 함성을 질렀다.

다른 쪽에서는 수박 경기가 한창이었다. 팔각형으로 만들어진 경기장에서 상대방을 가격해 점수를 많이 얻거나 상대방을 쓰러트려 승리하는 방식이었는데, 격투는 물론이고 상대방을 조르는 것도 가능해서 패배가 명백하다고 판단될 시에는 경기를 종료시킬 수 있었다.

또 다른 제이콥이 수박 경기를 위해 한가운데서 상대방 선수와 눈싸움을 하고 있었다. 상대는 수박을 오랫동안 연마한 한인 고수였다. 저번에도 지금의 상대를 만나 패배한 후 어떻게든 설욕하기 위해서 지난 시간 동안 꾸준히 연습해 왔다.

"시작!"

수박 특유의 품세를 밟으며 간을 봤다. 순간 한인이 왼쪽 발을 일직선으로 제이콥의 무릎을 노리며 내질렀다. 제이콥은 노련하게 오른 다리를 빼고 왼 다리로 상대의 상단을 가격했다.

퍽.

둔탁한 소리와 함께 유효한 타격이 들어갔다.

제이콥은 내친김에 공격했던 왼 다리를 지지대로 받치고 몸통 박치기를 했다.

한인은 타격에 의한 충격은 있었지만 판단력은 살아 있었던지 몸을 비틀어 피하며 그대로 뒤로 밀쳐 냈다. 살짝 비틀거리기는 했지만 절묘하게 피한 후에 무방비 상태인 제이콥을 향해 공격해 들어갔다.

그때 제이콥은 몸을 숙이더니 원을 그리며 바닥을 쓸었다. 한인은 그 모습을 보고 어쩔 수 없이 몸을 빼냈고 상황은 다시 원점으로 돌아갔다.

점점 긴장감이 더해 가자 주변에서는 격렬한 경기에 환호성을 보냈다.

'여기서 살짝 빈틈을 보여 주고…….'

제이콥은 살짝 발목에 부상이 생긴 것처럼 행동하며 상대방의 몸통 박치기를 유도했다.

한인은 기회라고 생각했는지 적극적으로 쇄도해 왔다. 이에 제이콥은 몸을 살짝 뒤로 띄우며 다리를 뒤로 기이하게 올려 찼다.

한인은 계속해서 진격해 왔고 제이콥은 다리를 마치 전갈처럼 머리 뒤로 떠올려 그대로 얼굴을 숙이며 독침을 쏘듯이 내려쳤다.

퍽.

정통으로 얼굴을 맞은 한인은 속도에 의해서 돌격하는 자세 그대로 앞으로 쓰러졌다.

"우와아아아!"

"제이콥! 제이콥!"

환상적인 기술인 데다 그것을 통쾌하게 적중시키자 제이콥은 관중의 모든 환호를 독차지했다.

씨름과 수박 대회는 예전부터 강세를 보이던 한인들을 뒤로한 채 다른 인종들이 강세를 보이며 끝이 났다. 결국 이번 대회는 제이콥의 추석이라고 불렸는데, 씨름의 제이콥과 수박의 제이콥이 우승을 함으로써 우승자들의 이름이 모두 제이콥이라서 그렇게 불렸다.

전통 놀이에 많은 상금을 걸었기 때문에 상금을 노리는 사람이 많아졌는데, 타 민족들이 한인들의 문화를 배워 이해할 수 있는 하나의 창구가 되어 갔다.

추석이 지나고 얼마 뒤 엠마가 돌아왔다. 돌아오면서 하와이에서 이것저것 많은 것들을 가져왔는데 양이 꽤 되었다.

"어머님이 친정에 줄 선물이라고 가져가라고 하셨어요."

귀순은 엠마의 가족들을 물어보았는지 물건마다 이름이 붙어 있었다.

"어머니가요?"

"네, 한인들의 전통이라며 한사코 이걸 가져가길 바라셔서……."

대찬은 문뜩 궁금했다. 타 인종이라고 반대할 줄 알았는데 혼인을 허락한 듯 많은 물건을 싸서 보냈기 때문이다.

"그런데 흔쾌히 혼인을 허락하시던가요?"

엠마는 고개를 저었다.

"처음에는 반대하신 걸로 알아요. 그런데 어느 순간 받아들이셨어요."

"그렇군요. 그런데…… 편지 받았어요?"

엠마가 활짝 웃었다.

"네."

대찬은 얼굴이 빨개졌다.

"알았어요. 그럼 이따 봐요."

"네, 이번에 하와이 가서 배워 온 것이 많아요. 저녁 맛있게 해 줄게요."

서재로 도망치듯이 도착한 대찬은 허공에 주먹질을 했다.

'아, 쪽팔려!'

혼자서 창피해하고 있을 때 노크 소리가 들렸다.

"들어오세요."

서재로 들어온 이는 엠마였다.

"대찬, 이거 받아요."

비단 수건으로 정성스럽게 감싼 물건을 건네줬다.

아메리칸
드림

"이게 뭐예요?"

"어머니께서 주셨어요. 저는 읽을 수가 없어서……."

내용물을 꺼내자 이런 글귀가 적혀 있었다.

혼인 날짜.

철영이 쉬는 동안 모든 일을 대찬이 도맡아서 하기 시작했다. 본래 하던 일이라 쉽게 생각했지만 큰 착각이었다는 사실을 얼마 지나지 않아 깨달을 수 있었다. 잠시도 쉬는 시간 없이 계속해서 일이 몰려왔기 때문이다.

"철영이 형 대단하네."

새삼 철영의 능력에 감탄하며 일을 했지만 하루가 지나고 이틀, 사흘이 지나 나흘째 되자 대찬의 눈 밑에는 다크서클이 검게 자리 잡았다.

"사람이 너무 부족해……."

인재 부족의 심각성을 느끼는 시간이 되었다.

"그런데 사람이 있어야지……."

능력의 유무는 중요한 상황이 아니었다. 얼마나 신뢰할 수 있느냐가 중요했다. 그나마 길현의 일에는 인수와 준명이 있기 때문에 조금 넉넉한 편이었지만, 대찬이 예상하기에는 그쪽도 인력이 부족하기는 매한가지일 것이다.

"어휴, 그런데 철영이 형이 키운다는 사람들은 합격점을 못 받고 있으니…….”

철영이 세운 기준을 자세히 알 수는 없었지만 전적으로 신뢰할 수 있다고 생각하는 사람이라서 그의 판단을 믿었다.

“답이 없어.”

수뇌부의 사람이 너무 부족한 것이 대찬의 발목을 절게 만들었다.

과중한 업무는 철영이 복귀하는 시점까지 계속해서 이어졌고 마침내 그가 돌아오자 대찬은 그 순간부터 밀렸던 잠을 잘 수 있었다.

캐나다에서 분 사할린 탐험의 붐은 여전히 식지 않고 오히려 더 커져만 갔다.

“사할린은 개인소유의 땅인데 문제가 되지 않겠습니까?”

“존의 목적을 보았을 때 환영할 것이라고 생각합니다.”

“그렇다면 사용할 부지는 내어 줄 것이라는 가정하에 교통은 어떻게 연결할 것입니까?”

“사할린으로 가기 위한 사람이 많기 때문에 교통편은 어떻게든 생기겠지만, 이것 역시 존에게 협조를 구해야 할 것 같습니다.”

“존에게요? 그 사람은 사업가입니다. 자신에게 이득 되지 않는 일을 수용할까요?"

"미국에서의 활동을 조사해 봤을 때, 이익이 나지 않는다면 어떻게든 이익을 창출해 내는 능력이 탁월한 것으로 확인되었습니다. 그리고 사할린이 존의 사유지이기 때문에 모든 것을 존이 진행하기에 수월하다는 생각이 듭니다."

"음······. 그렇다면 연락을 해 보세요."

"알겠습니다."

더 이상 사할린으로 이동하는 것을 통제할 수 없을 것 같다는 판단이 선 캐나다 정부는 허락해 줘야 한다는 것을 느꼈지만, 교통을 연결하고 행정 업무를 할 수 있는 재정 마련이 전쟁으로 힘들게 되자 대책 회의를 열었던 것이다.

교통의 연결이야 수요층이 있다면 사업가들이 진행을 할 것이지만 행정 업무와 재정 마련은 중요한 사안이었다.

짧게 전화로 방문하겠다는 말을 전하는 것으로 샌프란시스코 방문은 전격적으로 일어났다.

'올 게 왔다.'

대찬은 지금의 상황을 예측하고 있었기에 미리부터 마음의 준비를 해 놓고 기다리고 있었다.

"사울 씨, 오랜만입니다."

"존 씨, 그간 잘 지내셨지요?"

"덕분에 잘 지내고 있었습니다."

형식적인 인사가 오가고 사울은 방문의 목적을 이야기했다.

"존 씨의 요청으로 사할린을 캐나다 영토로 편입하기는 했습니다만, 이로 인해서 여러 가지 골치 아픈 일이 생기고 있습니다."

"아, 사할린 탐험 붐 말씀이세요?"

"맞습니다. 이럴 줄 알았으면 처음에 제안하셨던 것을 받아들였을 겁니다."

공식적으로 사할린이 캐나다의 영토에 편입된 이후에 캐나다 정부에 모든 것을 제공하겠으니 행정 업무를 할 수 있는 인원들을 파견해 달라고 요청했었다.

'지금은 원하는 것을 얻을 수 있는 기회야, 잠깐만 참자!'

실소가 나오려는 것을 참으며 시큰둥하게 넘어갔다.

"그런가요?"

대찬의 반응에 사울은 짐짓 놀랐다. 넌지시 운을 띄우면 환영의 제스처를 취할 것이라 예상했는데 별 관심이 없다는 듯이 반응했기 때문이다.

"하하, 그렇습니다. 그래서 말인데, 이번에는 정부에서 제안을 하려고 합니다."

"말씀하세요."

"이번에 모험심이 강한 사람들이 사할린을 탐험하고 개발하고 싶어 합니다. 그 사람들을 지원해 주실 수 있습니까?"

"제 사유지입니다만?"

탐험을 한다면 상관없다. 하지만 개발이라면 이야기가 달라졌다. 사유지이기 때문에 그곳에서 나는 것은 모두 대찬의 소유였다.

"그래서 제안을 하는 것입니다."

"그런 말씀을 하시는 것을 봐서는 제가 얻는 반사이익이 있나 보군요?"

"정부에서 제안한 것은, 사할린에 있는 한인들이 캐나다의 국적을 가질 수 있게 한다는 것입니다."

사울이 말하는 제안은 대찬이 제안했던 것과 다를 바가 하나도 없었다.

'그곳에 얼마나 많은 자원이 있는데 그것을 지원해 달라고? 한인들의 국적 문제가 중요하기는 하지만 이건 너무 손해야.'

심각하게 고민을 해 봤지만 한인들이 캐나다 국적을 갖는 것으로는 수지 타산이 맞지 않았다. 이미 다른 대책을 생각해 놨고 실행되기 직전이므로 별다른 흥미를 돋우지 못했다.

"불가합니다."

"원하시는 것이 아니었습니까?"

"물론 원하는 것이었습니다."

"말씀하시는 걸로 봐서는 다른 방법이 생겼나 보군요."

"지금 말씀하신 것들은 저 혼자서도 다 할 수 있습니다. 저는 해운 회사도 소유하고 있고 사할린도 제 소유니까요. 지금과 같은 제안으로는 제 마음을 바꾸실 수 없을 겁니다."

'이 사람들이 나를 너무 쉽게 생각하네?'

미국에서 대찬의 위치는 어느덧 최상류층이었다. 딱 한 번 사업체를 나눠 주고 속절없이 당한 이후에 상류층의 인정을 받고 나름의 인맥이 생기면서 지금은 누구도 함부로 할 수 없었다. 그리고 그마저도 되찾아오기 위해서 미국이 겪을 대공황만을 기다리고 있었다.

"그렇다면 제안을 해 주시기 바랍니다."

'역시나 떠보기였지.'

상대방이 원할 것 같은 미끼만 살짝 던져서 물면 좋고 아니면 새로 판을 짜고 하는 식의 협상은 미국에서도 많이 겪었다.

'내가 끌려다닐 판을 만들면 안 되지.'

"글쎄요. 딱히 캐나다 정부에 원하는 것이 생각나지 않는군요."

사할린을 양도받기 위한 협상을 할 때와는 다르게 갑을 관계가 바뀌었기에 원하는 것이 없다는 뉘앙스를 풍기며 살짝 거드름을 피웠다.

"알겠습니다. 그럼 다음에 다시 뵙도록 하죠."

협상을 진행할 수 없는 상황이 되자 사울은 판단을 빠르게 하고 다시 만나자고 했다.

"좋습니다. 다음에는 상황이 진척되었으면 좋겠네요."

"그럼, 이만."

사울은 저택에 들어올 때 한쪽에 걸어 두었던 모자를 쓰고 떠났다. 대찬은 그 모습을 차를 마시며 창가에서 지켜보았다.

이후로도 몇 번의 협상이 더 있었지만 크게 진척되지는 않았다.

"영국에 계신 폐하께 청원해서 작위를 드리겠습니다."

"미국과 협상해서 세금을 감면해 드리겠습니다."

이런 전혀 쓸모없는 것들을 제안했다. 특히 세금 감면은 대찬에게는 치명적일 수도 있는 일이었다. 이런 제안을 했을 때는 기가 막혀서 말이 나오지도 않았다.

'적당히 뜸들였으니 이제 운을 띄울 때가 됐나?'

협상을 너무 결렬시키는 것은 상대방의 화를 돋우는 일이니 대찬은 적당히 원하는 바를 말하기로 결정했다.

"원하는 게 딱 두 가지 있습니다."

"뭡니까?"

"서부 해안가 지역의 일부를 백 년간 조차, 그리고 군수산업의 허락입니다."

"어려울 것 같습니다."

"저 역시 그렇게 생각하고 있습니다. 단, 이 조건을 수락하신다면 2천만 달러를 제공해 드릴 용의가 있습니다."

전쟁 특수로 인해서 한두 달이면 2천만 달러에 가까운 금
액을 벌 수 있었다. 그러니 2천만 달러를 주고 백 년간 마음
대로 쓸 수 있는 땅을 얻고 군수산업까지 할 수 있는 권리를
얻는다면 남는 장사다. 입맛대로 무기를 만들고 연구하며 그
곳을 통해서 사할린으로의 보급 역시 수월해진다는 것이 대
찬의 계산이었다.

"혼자서 결정하기는 힘든 사안인 것 같습니다."

"알겠습니다. 그럼 결과는 다음에 알려 주세요."

명환은 대학을 가기 위한 준비를 하고 있었다. 얼마나 열
심히 공부했는지 하버드 대학교에 입학 허가가 떨어졌다. 내
년에 입학을 하기 전에 명환은 실력을 인정받아 한인 학교에
서 한동안 교사 생활을 하기로 했다.

"……해서 이렇게 된 것이니 잘 기억해 두어라, 알겠느
냐?"

"네."

보기에는 순조로운 수업과 풍경이었지만 명환은 괴로웠
다.

'아우, 답답해.'

아이들이 답답한 것이 아니었다. 명환의 장난기 많고 쾌활한 성격으로 인해서 딱딱한 수업이 너무나 답답했던 것이다.

수업이 끝나자 명환은 얼마 전에 이주해 온 동갑내기 친구 녀석이 생각이 났다. 전라도 사투리를 구수하게 쓰는 것이 꽤나 정이 가는 친구였다.

집으로 가는 도중에 보니 마침 생각났던 친구가 평상에 앉아 책을 보고 있었다.

"오, 번기, 공부하고 있나?"

"보믄 모른당가?"

"뭐 보고 있었나?"

"꼬부랑글씨 보고 있었제. 아따, 죽것어. 뭐가 이러코롬 기어 댕기는지."

이주해 온 지 얼마 되지 않아 영어에 익숙하지 않은 번기는 말을 배우기 위해 노력하고 있었다.

"어디 얼마나 아는지 한번 볼까?"

"그려, 나가 공부 많이 혔어. 마음껏 물어보드랑께."

"손가락."

"핀거."

"공부 많이 했나 보네?"

"글제, 나가 머리는 좋아브러."

"그러면 주먹."

"주, 주먹?"

번기는 곰곰이 생각하기 시작했다. 그러다가 무릎을 탁 치며 말했다.

"오므린거!"

"……푸하하하."

다시 만난 사울은 헤어질 때와는 달리 근심이 없는 표정이었다.

"긍정적인 답변을 들을 수 있을 것 같네요?"

사울은 긍정적인 미소를 지었다.

"대신 1천만 달러를 더 지불해 주십시오."

"좋습니다."

대찬은 흔쾌히 수용했다. 전의 협상이 미는 때였다면 기회라고 생각되는 지금은 당기는 때라고 느꼈기 때문이다.

"그럼 오타와로 방문해 주시겠습니까?"

"빠른 시일 내에 찾아뵙도록 하지요."

구두로 계약을 마친 후 사울이 떠나자 대찬은 미국 정부에 연락해 에릭의 파견을 요청했다.

오타와에 도착하자 에릭은 미리 와서 기다리고 있었고 협상을 별 무리 없이 진행할 수 있었다. 다만 조차의 대상은 개인으로 할 수 없었기 때문에 기업에 조차하는 형식으로 진행되었다.

캐나다는 대찬에게 서부의 한 지역을 떼서 조차해 주었는데, 브리티시컬럼비아 주에 있는 퀸샬럿제도를 주었다.

태평양을 정면으로 맞이하는 곳이었고 섬이었기 때문에 무슨 일을 하든지 감시받지 않는다는 생각이 들어 나름대로 흡족했다.

그러다 다른 생각도 들었는데, 캐나다가 사할린을 매입할 때 얼마를 지불했는지 예상이 되었다. 본토와 붙어 있지는 않지만 근거리에 있는 섬을 3천만 달러를 지불하고 백 년간 조차했다. 반면 사할린은 반쪽짜리였고 온전한 매입이었지만 쓸모가 없는 땅이었다.

"에릭의 말이 맞았구나."

너무 비싸게 산다고 했던 에릭의 말이 그제야 실감이 났다.

조차지를 얻게 되자 대찬은 어떻게 개발을 진행할지 계획을 세우기 시작했다. 가장 중요한 것은 여객선이 오갈 수 있는 항로와 항구를 만드는 일이다.

"시간이 많이 걸리겠네."

사람이 부족해 이번 일은 대찬이 도맡아서 진행했는데, 돌아가는 상황이 퀸샬럿제도에 상주해야 될 것 같았다.

"이대로는 안 돼!"

대찬은 철영에게 연락해서 능력은 조금 부족하더라도 믿을 수 있는 사람 몇을 추천해 달라고 했다. 그러자 철영은 박지번과 홍주영을 추천했다.

대찬은 두 사람을 불러서 비서처럼 곁에 두고 일을 하나씩 가르쳤다.

'어떻게든 사람을 구해야 한다.'

할 수 있는 사업은 아직도 많았지만 더 이상 일을 벌였다가는 감당이 안 될 것 같았다. 일의 심각성을 느끼고 대찬은 주변 사람들에게 인재 추천을 부탁했다.

　　　　　　　　　　🎩

사회주의(社會主義, socialism)는 공리주의를 기본으로 삼아 자본주의와 사회개량주의, 민주주의를 결합해 통제를 통한 결과의 분배가 아니라 무상교육, 복지를 통한 기회의 분배를 만드는 것이다.

1826년 공식적으로 로버트 오언에 의해 주장되었고 처음으로 사회주의라는 말을 만들었다. 후에 각지에서 여러 공동체나 집산주의를 표방하며 이상적인 사회를 만들기 위해 연구했다.

샌프란시스코의 광장에서는 사회주의를 지지하는 사람들의 연설이 한창이었다. 언젠가부터 사회주의 사상을 외치며 이념을 설파하는 사람이 늘어났다.

노동자들의 평균 월급이 40달러 안팎이었으니 노동력이 굉장히 값쌌다. 광장에는 블루칼라처럼 보이는 사람들이 피켓을 들고 긍정하는 말을 내뱉으며 동조하고 있었다.

마침 대찬은 호텔에서 일을 마치고 집으로 돌아가는 차에서 운집해 있는 인파 때문에 속도를 내지 못하고 있었다.

길현은 차창 밖으로 들리는 연설을 주의 깊게 듣더니 이런 말을 했다.

"사회주의라는 것이 굉장히 좋은 사상인 것 같구나."

"물론 사회주의라는 것이 그대로만 행해진다면 세상에 그런 천국이 없겠죠."

"대찬이 너는 저 의견에 비관적인 것 같구나?"

"그럴 수밖에요."

"이유가 있느냐?"

"이유를 대라고 말한다면 끝도 없지만, 간단히 말하자면 꿈에서나 가능한 일이랄까요?"

"꿈?"

"사회주의는 공리주의를 기본으로 삼아서 협동조합을 중심으로 똑같은 노동력을 제공받고 이익을 똑같이 나누는 것이에요. 모든 사람이 평등함으로써 가능해지는 것이죠. 그런데, 그게 가능할까요?"

"욕심을 버리면 가능하지 않겠느냐?"

"사람이 욕심을 버리면 발전이 없어요. 그리고 어떻게 사람이 평등해질 수 있는지도 의문이고요. 똑같은 노동력을 제공한다는 것부터가 말이 되지 않아요. 사람마다 노동력의 질과 양이 다른데 어떻게 평등할 수 있으며, 일하지 않고 요령을 피워도 남들과 똑같이 제공받는데 누가 나서서 일을 하려고 하겠어요?"

"그럼 저들은 왜 저렇게 사회주의를 외치는 것이냐?"

"꿈속에서 사는 거예요. 말씀드렸다시피 저들이 주장하는 대로만 이루어진다면 세상에 천국이 존재하는 것이니까요."

"천국이라⋯⋯."

"하지만 현실은 끝없는 나락이 되겠지요."

미래에서 마지막 분단국가였던 한국.

사실 한국전쟁의 원인은 사상의 대립이었다. 하지만 소련이 붕괴하면서 사회주의국가들의 붕괴가 시작되었고 나중에는 김씨 일가가 만들어 낸 '주체사상'에 의해서 만들어진 '백두혈통'과 세뇌 교육을 받고 충성을 강요받은 독재국가와의 전쟁이었다. 사회주의의 특성상 변질은 그 누구도 막을 수 없는 것이었다.

'공공복지를 제외한다면 별 필요 없는 이념이지. 노블레스 오블리주, 사회 지도층이 도덕성만 제대로 갖췄다면 그마저도 필요 없지만 말이야.'

자동차는 인파가 드문 곳까지 가자 속력을 내기 시작했다.

아메리칸
드림

"존!"

스미스는 하와이에서 공방을 정리하고 대찬의 제의대로 샌프란시스코로 넘어왔다.

"왔어요?"

"하하, 이것 보라고!"

스미스는 형식적인 인사는 필요 없다는 듯이 간단히 넘어서고는 대찬에게 물건을 건넸다.

"어라?"

받은 물건은 다름 아닌 청소기였다. 미래의 청소기와는 다르게 조잡한 구성이었지만 한눈에도 청소기임을 알아볼 수 있었다.

"존의 제안에 하와이에 가자마자 만들었어. 생각보다 쓸만하더라고."

"한번 써 봐도 되죠?"

"물론이지."

대찬은 콘센트에 꽂아 전기를 공급한 후에 스위치를 올려 작동시켰다.

위이잉.

모터의 거친 소리와 함께 뒤로 난 구멍에서 바람이 시원하게 나왔다. 대찬이 쓱쓱 밀어 보자 생각한 것보다 먼지가 잘 빨리는 것을 느낄 수 있었다.

"이야, 정말 성능 좋네요. 역시 스미스 씨의 실력은 대단해요."

"하하."

기분이 좋은 듯 스미스는 계속해서 웃기만 했다.

"대찬, 그게 뭐예요?"

시끄러운 소음이 나자 엠마가 궁금함을 참지 못하고 서재에 들어왔다.

"아, 엠마, 이거 한번 볼래요?"

다시 한 번 작동된 청소기는 놀라운 성능을 뽐냈다.

"어머나!"

엠마는 깜짝 놀랐다.

"세상에 이런 물건이 다 있어요?"

"여기 계신 스미스 씨가 만든 거예요."

"정말요?"

스미스는 멋쩍은 듯이 살짝 부끄러워했다. 평소와는 다른 모습이었다.

"이거 선물이에요?"

"예? 예, 물론이죠."

"어머나, 감사해요."

청소기는 엠마의 손으로 넘어갔고 그녀는 살짝 무거운 청소기를 낑낑대며 들고 나갔다.

아메리칸
드림

"스미스 씨, 괜찮아요? 저거 하나뿐인 시제품인데요."

"하, 하하, 괜찮아, 괜찮아. 다시 만들면 되지."

스미스의 첫 번째 제품에 대한 집착을 알고 있는 대찬은 웃음이 났다. 순간적으로 엠마에게 홀려 선물로 주었다는 것을 알고 있었기 때문이다.

"공장 만들어야지요?"

"그래야겠지. 그런데 소개해 줄 사람이 있다고 하지 않았어?"

"지금 만나고 싶어요?"

"가능해?"

"원한다면요."

"궁금하긴 한데……."

"그럼 지금 가요."

저택을 나와서 이동한 곳은 테슬라 연구소였다. 이곳의 방문은 대찬도 처음 하는 것이었는데, 테슬라와 대화를 하면 혼이 빨려 나가는 느낌이었기 때문이다.

테슬라도 연구에 빠져서 대찬을 찾지 않았다. 다만 무지막지한 연구 비용을 청구함으로써 살아 있음을 알렸다.

"테슬라 연구소?"

조그맣게 쓰여 있는 이름을 보고 스미스는 나지막이 중얼거렸다.

"테슬라 씨를 알고 있어요?"

"물론이지."

스미스는 설렌다는 표정을 짓기 시작했다.

똑똑똑.

노크를 하고 기다리자 잠시 후에 사람이 나왔다.

"응? 보스!"

"잘 지내셨어요?"

대찬이 손을 내밀어 악수를 청하자 테슬라는 손수건을 꺼내 대찬의 손을 세 번 닦고 손을 잡았다.

"그런데 이쪽은?"

"아, 여기는 스미스 씨입니다."

"반갑습니다. 니콜라 테슬라입니다."

가슴에 손을 올리며 살짝 고개를 숙여 인사를 했다.

"영광입니다. 스미스라고 합니다."

여기서 잠깐 이야기가 끊겼는데, 테슬라가 안으로 초대를 하지 않았기 때문이다.

"차라도 한잔하죠?"

"연구소에는 차가 없습니다. 저쪽으로 가시죠."

한쪽에 따로 마련되어 있는 작은 건물로 안내하는 테슬라였다.

건물로 들어가자 둥근 탁자와, 하얀색으로 된 의자가 있었다.

찻잔에 차를 따르고 두 사람이 대화할 수 있게 대찬은 잠시 침묵을 했는데, 계속해서 침묵만 유지되었다. 두 사람 모두 소극적인 사람이었던 것이다.

"그런데 테슬라 씨는 요즘에 뭘 그렇게 연구하시는 거예요?"

"아, 요즘에 말이죠. ……해서 이런 쪽을 연구하고 있습니다."

"하, 하, 그렇군요."

너무 어렵고 추상적인 말에 대찬은 이해할 수 없어 그저 맞장구만 쳤다.

"테슬라 씨, 그럼 ……해서 ……한다는 말씀이시죠? 그런데 그게 가능한가요?"

말이 통하는 상대라는 것을 느꼈는지 둘은 열띤 토론을 이어 나갔다.

'소극적인 사람? 취소.'

어려운 말들이 오가는 중간에 대찬은 무척 피곤함을 느꼈다. 전자, 전기, 공학 이런 것들은 정말 젬병이었기 때문이다.

둘을 방해하고 싶지 않았던 대찬은 조용히 자리를 떠났다.

집으로 돌아가자 요란한 소리가 나고 있었다.

위이잉.

엠마는 여전히 청소기를 가지고 여기저기 구석구석 청소

하고 있었다.

"오셨어요?"

"그런데 아직도 그러고 있어요?"

"아, 쓰다 보니까 재미가 생겨서요. 그런데 이게 좀 불편하네요."

"불편하다고요?"

"네, 이게 일직선으로만 움직일 수 있어서 각진 부분은 들어가지 못해요. 그리고 흡입하는 부분이 너무 넓고 커서 좁은 곳은 직접 쓸어야 되네요."

확실히 미래에서 보았던 것과 다르기는 했다. 하지만 청소를 제대로 해 본 기억이 없으니 그저 그러려니 하고 넘어갔던 부분이었다.

"확실히 그렇겠네요. 스미스 씨한테 말해 볼게요."

엠마는 빙그레 웃었다.

"우리 외식할래요?"

"좋아요. 잠깐만요."

엠마가 너무 예뻐 보이기도 했거니와 따로 데이트했던 시간이 얼마 없음을 깨닫고 외출을 제안했다. 하지만 엠마가 잠깐이라고 표현했던 시간은 한 시간이 넘었다.

또각또각.

발소리가 나서 그쪽을 돌아보자 엠마가 예쁘게 화장을 하고 화사한 옷을 입고 내려오고 있었다.

아메리칸
드림

'예쁘다.'

대찬은 만족스러운 얼굴을 하고 한쪽 팔을 내밀었다.

"가실까요?"

자연스럽게 팔짱을 끼고 두 사람은 외출을 했다.

만족스러운 식사를 마치고 집으로 돌아가는 도중에 다시 사회주의 집회를 하고 있는 사람들을 지나칠 수밖에 없게 되었다.

"아직도 하고 있네?"

밖은 이미 어두컴컴했지만 여전히 사상 설파에 여념이 없었다.

"어머? 저들은 왜 저러고 있어요?"

"사회주의 운동 하는 거예요."

"사회주의요? 그게 뭐예요?"

"미국이라는 나라는 스스로의 능력을 중시하고 시민들의 힘에 의해서 지도층이 선출되잖아요?"

"맞아요."

"그런데 그걸 깡그리 무너뜨리고 평등을 기본으로 삼아서 똑같이 일하고 똑같이 나누자는 거예요."

"그럼 지도층은 어떻게 형성돼요?"

"처음에는 저기 연설하는 사람이 주가 되었다가 나중에는 저런 사람들 중에 가장 명성이 높은 사람을 추종하게 될 거예요. 그다음부터는 인맥, 지연, 학연 이런 것들로 수뇌부가 채워지게 될 것이고 다음에는 세습하겠죠."

"평등하지 않네요?"

"맞아요. 오히려 상류층에 진입하기 더 힘들어요. 특히 마르크스주의는 계급성을 만들어서 태어날 때부터 그 사람의 한계를 만들어 버려요. 그리고 혁명성을 들먹여서 무장투쟁을 유도하고 과학성을 들먹여서 이것이 맞는다고 주장하지요."

"어머나, 그럼 반란군이네요?"

"하하, 명쾌하네요."

웃고는 있었지만 속은 타들어 갔다.

'절대로 다시 반복되면 안 돼!'

대찬이 생각의 홍수에 잠길 무렵 집회에 참여하고 있는 인파 중에 계속해서 대찬의 차량을 주시하는 사내가 있었다.

to be continued

찬돌 퓨전 장편소설

천명

솟아오르라 대한제국

天命

대변혁의 역사가 시작된다!
'홍경래의 난'을 '김유혁의 난'으로 기억되게 할
25세기 남자, 조선 말기에 상륙!

한국이 일본에 흡수된 시대를 살아가는 남자, 김유혁
냉동 수면됐다가 깨어나 보니
그곳은 한창 민란이 일어나고 있는 조선 말기였다!

인공지능 컴퓨터로 육체를 강화하고 로봇들을 부리며
그가 하는 일은 조선 왕가 납치?
대승상이 된 그가 노리는 것은 세계 역사 뒤집기!

조선 왕조 정복부터 세계 증권가 싹쓸이까지
대한제국 건설을 위해서라면 무엇이든 한다!
거침없이 내달리는 찬돌표 하이브리드 판타지!

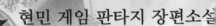